덤비지 마!
FUSION FANTASTIC STORY
무람 장편 소설

덤비지 마! 8

무람 장편 소설

초판 1쇄 찍은 날 § 2014년 8월 25일
초판 1쇄 펴낸 날 § 2014년 9월 1일

지은이 § 무람
펴낸이 § 서경석

편집부장 § 권태완
편집 § 박은정

펴낸곳 § 도서출판 청어람
등록번호 § 제387-1999-000006호
등록일자 § 1999. 5. 31
어람번호 § 제1-1887호

주소 § 경기도 부천시 원미구 부일로 483번길 40 서경B/D 3F (우) 420-822
전화 § 032-656-4452 팩스 § 032-656-4453
http://www.chungeoram.com
E-mail § chungeorambook@daum.net

ISBN 979-11-316-9104-5 04810
ISBN 978-89-251-3627-1 (세트)

무람 장편 소설
[완결]
8
FUSION FANTASTIC STORY
청어람

CONTENTS

제1장 분노하는 상수

UNION BANK

상수는 자신을 청부한 일본인에 대한 정보를 모으기 위해 사우디의 요원들을 보내게 되었다.

저들에게는 도움을 받지 않으려고 하였는데 일이 이상하게 진행이 되는 바람에 지금으로서는 어쩔 수 없는 일이었다.

상수는 그렇게 요원들에게 지시를 내리고 자신은 한국에서 그들의 보고를 기다리고 있었다.

하지만 상수보다 더 애를 태우고 있는 인물이 있었는데 바로 나까무라였다.

"아니, 어떻게 아직도 아무런 이상이 없는 거지?"

나까무라는 가네마의 보고를 들으면서 의문스러운 눈빛을 하고 있었다.

이번 일은 자신이 상부에 직접 보고를 한 건이다.

해서 직접 지시를 내린 것이기 때문에 지금쯤이면 무슨 결과가 나왔어야 했다.

한데 아직도 감감무소식이다.

게다가 상수는 아무렇지도 않게 행동을 하고 있었다.

"가네마는 수시로 그자에 대한 보고를 하도록. 나는 지금 상부에 보고를 해야겠다."

나까무라는 일이 자신의 생각과는 다르게 진행이 되고 있다는 생각이 들었다.

그래서 우선은 보고부터 하려고 하였다.

"알겠습니다."

가네마가 나가자 바로 전화를 거는 나까무라였다.

드드드.

—무슨 일인가?

"예, 지난번에 보고를 드렸던 건에 대해서 이상이 생겨 말씀을 드리려고 연락을 했습니다."

—이상이라니? 그자에 대해서는 이미 처리를 한 것으로 알고 있는데.

"오늘 아침에 그자가 출근하는 모습을 보았습니다. 아무런 이상이 없는 표정으로 출근하는 것을 보니 무언가 이상한 생각이 들어 연락하게 되었습니다."

—정상적으로 출근을 한다고? 잠시만 내가 알아보고 다시 연락을 주겠네.

상대는 그렇게 일방적으로 이야기를 하고는 전화를 끊어버렸다.

나까무라는 상부에서도 아직 상황을 정확하게 파악을 하지 못하고 있다는 생각이 들었다.

또한 동시에 상수에게 아무런 일이 생기지 않은 것을 보곤 분명 누군가가 도움을 주고 있다는 생각이 들었다.

"흠, 우리가 모르게 도움을 주는 사람이 있다는 말인가?"

나까무라는 혼자 그렇게 중얼거리고 있었다.

자신의 예상과는 다르게 일이 진행이 되고 있으니 나까무라도 반가운 일은 아니라는 생각이 들어서였다.

* * *

일본에서는 상수의 문제 때문에 암살자를 찾고 있었지만 그를 찾을 수는 없었다.

상수가 감쪽같이 감추어 두었기 때문에 이들로서는 알 수가 없었다.

암살자는 영택이 머물고 있는 집의 지하에 있었고, 영택과 영택의 일행에 의해 철저하게 감시를 당하고 있었다. 때문에 외부와는 완전히 단절되어 있었다.

한편 일본에서는 상수의 문제 때문에 지금 한창 바쁘게 전화를 하고 있었다.

"아니, 아직도 연락이 없다고?"

"아직까지 이런 일이 없었는데… 지금까지 드래곤이 하는 일에는 실패가 없었기에 저도 어떻게 된 일인지 잘 모르겠습니다."

상수에게 간 암살자는 드래곤이라는 코드네임으로 불리고 있는 모양이었다.

드래곤이라는 이름만큼 실력이 좋았고 믿음이 가는 암살자였다.

그런 드래곤이 고작 일반인인 상수를 다치게 하는 일에 실패할 것이라는 생각은 하지 못하고 있었기에 이런 결과가 나오니 이들도 황당할 뿐이었다.

"아무리 실패를 하지 않는다고 해도 그렇지, 아직까지도 연락이 없다는 것은 문제가 생겼다는 게 아닌가!"

"그게……."

"그게 아니라! 보고를 해야 하지 않나?"

남자는 화가 나서 소리를 쳤다.

자신의 지시대로 일처리가 되지 않았다는 것이 그를 화나게 만들었기 때문이었다.

그만큼 남자는 자신의 지시는 절대적으로 지켜져야 한다는 철저한 사고방식을 가지고 있는 인물이었다.

"죄송합니다. 실패할 것이라고는 생각하지 못하고, 그저 시간이 조금 걸리는 것이라고 생각을 하여 보고를 미루고 있었습니다."

"지금 당장 드래곤의 소재지를 파악하고 보고를 하게. 만약에 드래곤이 실패하였으면 이번에는 더욱 확실한 놈을 보내서 놈을 제대로 병신으로 만들라는 말이네."

"그렇게 하겠습니다."

굳은 얼굴로 대답을 한 남자는 눈빛이 아주 살벌하게 변했다.

이렇게 일본에서는 상수에게 다시 암살자를 보내기 위해 준비를 하고 있었다.

물론 상수도 그냥 당할 인물이 아니다.

상수 역시 지금 일본의 인물에 대한 보고를 받고 있는 중이었다.

—국장님이 말한 인물은 일본의 극우 세력의 간부 중

한 명이었습니다. 제법 그 그룹 안에서는 인지도가 높은 인물이었고 차세대를 이어갈 인물로 평가받고 있다고 합니다. 이름은 야마토라고 하며, 나이는 지금 47살이고, 가족의 구성은 아내와 남매를 두고 있습니다.

"그러면 그자가 살고 있는 곳과 출근을 하는 곳도 모두 파악이 된 건가요?"

—예, 모두 파악해 두었습니다. 그리고 지금 그자의 수하인 겐또라는 자가 또 다른 암살자를 알아보고 있는 것 같습니다.

"암살자? 나를 제거하려는 것 같지는 않고 무엇을 위해 그런 자들을 보내려고 하는 걸까?"

상수는 통화를 마치고 혼자 그런 생각이 들었다.

그리고 가장 중요한 것이 한국에서 자신을 병신으로 만들어 달라고 한 인물이 있다는 이야기를 들었기 때문에 그가 누구인지 알고 싶었다.

자신도 모르게 누군가에게 피해를 입고 싶은 생각이 없는 상수였기에 자신을 청부한 인물을 알아내기만 하면 절대로 그냥 두지 않을 생각이었다.

"이번 일만 정리를 하고 나면 바로 일본으로 가야겠군."

상수는 중국 쪽의 일을 마무리하고서 바로 일본으로 갈

생각을 했다.

일본에 가서 당장 그 간부 놈을 잡아들여 고문을 해서 세부적인 이야기를 듣고 싶었다.

하지만 지금은 자신이 빠져서는 안 되기 때문에 억지로 마음을 달래고 있는 중이었다.

* * *

상수가 그런 생각을 하고 있는지도 모르고 일본에서는 또다시 세 명의 암살자가 한국으로 출발했다.

그런 이들의 움직임은 바로 상수에게 보고가 되고 있었다.

"국장님, 일본의 암살자가 다시 출발하였습니다."

상수는 그런 보고를 받으면서 조용히 요원들에게 지시를 내리고 있었다.

"놈들이 한국에 도착하면 조용히 정리를 하세요. 그리고 일본에서의 움직임을 더욱 신경을 써주세요. 조만간에 그쪽으로 가야 하니 말입니다."

"걱정 마십시오. 저희가 조용히 처리를 하겠습니다, 국장님."

요원의 대답에 상수는 머리를 끄덕였다.

"그럼, 수고하시고 다른 변동 사항이 있으면 바로 연락 부탁드립니다."

상수는 중국의 인물들과 만나서 해야 하는 일이 있기 때문에 당장에 일본으로 갈 수는 없었다. 하여 요원들의 도움을 받고 있었다.

아니, 자신이 가지고 있는 직책이 국장이었고, 힘은 사용하라고 있는 것이라고 생각하는 상수였기에 자신의 가진 바 모든 힘을 동원해서 일본의 우익에 대한 조사를 하게 하였다.

물론 가장 중점적으로는 자신에게 암살자를 보낸 인물이었지만 말이다.

"두고 보자 이놈들… 내가 이곳 일만 마치면 그냥 두지 않을 거야."

상수는 그렇게 중얼거리며 일을 마치기를 기다리고 있었다.

상수의 힘이라면 지금 당장에라도 달려가 모든 내막을 확인할 수 있었기에 지금은 참고 있었다.

한편 상수와 만나기로 한 중국의 첸리징은 상수와의 미팅을 위해 약속 장소에서 기다리고 있다가 뜻하지 않은 인물의 방문을 받게 되었다.

바로 중국 정부의 고위층.

왕해청이었다.

"아니… 여기는 어떻게 오셨습니까?"

"하하하, 첸 부사장이 수고가 많다는 이야기를 듣고 오게 되었네."

나이가 많은 왕해청은 자연스럽게 하대를 하고 있었다.

이번 공사는 중국 정부에서도 상당히 신경을 쓰고 있는 일이었기 때문에 정부의 고위직에 있는 이가 직접 방문을 하게 되었다.

사실 티티엔이 이번 공사의 계약을 해도 사실상 회사의 지분은 모두 중국 정부가 가지고 있기 때문에 실질적인 주인은 중국 정부라는 이야기였다.

러시아와의 관계 때문에 그동안 기다리고 있었지만 이번에는 상황이 달라졌기에 정부에서 직접 나서게 된 것이다.

'빌어먹을 놈들, 먹을 것이 크다고 생각이 드니 이제 끼어들어 무언가를 얻어먹겠다는 심보이네.'

첸리징은 지금 자신을 찾아온 이가 누구인지를 잘 알고 있기 때문에 하는 생각이었다.

이번 공사는 정부에서 하는 것이지만 티티엔의 주도하에 계약을 하는 것으로 결정이 나 있었다.

그런데 지금 왕해청이 자신을 찾아왔다는 것은 다른 목

적이 있을 확률이 컸다. 때문에 첸리징이 속으로 화가 난 것이다.

정부의 인물이 그것도 고위직에 있는 인물이 이렇게 은밀하게 방문을 하였다는 의미를 모르는 첸리징이 아니었다.

하지만 우선은 일이 먼저였기에 자신의 내면은 감추고 일에 대한 이야기를 하게 되었다.

"오늘 한국 코리아 시티의 사장과 약속을 정했습니다. 오늘 만나서 저들이 원하는 것을 들어보고 결정을 하려고 합니다."

"우선 정부의 입장을 먼저 이야기를 해주겠네. 우리는 이번에 중국에 세워질 회사의 지분 중에 반은 가지고 싶다는 것이네."

왕해청도 오랜 세월 정치를 한 인물이기 때문에 첸리징이 공적인 일에 대해 말을 하자 바로 대답을 했다.

어차피 첸리징이 다른 마음을 먹을 수는 없다는 사실을 알기 때문에 다른 말은 하지 않아도 되었다.

"절반은 조금 힘들 것 같습니다. 절반의 지분을 얻으려면 엄청난 자금이 들어가야 하는데 우리에게는 그런 자본이 없습니다."

사실 첸리징은 이번에 세울 회사의 지분 중 20프로만

생각을 하고 있었다.

중국에서 소모하는 가스의 양이 얼마나 엄청난지를 알고 있기 때문이었다.

그런 첸리징을 보는 왕해청은 빙그레 미소를 지었다.

"하하하, 이번 일에 대해서 정부에서 적극적으로 지원하기로 결정을 내렸으니 걱정하지 않아도 되네."

왕해청의 대답에 첸리징은 얼굴이 환해지기 시작했다.

정부에서 지원을 한다고 했으니 그 규모가 작지 않을 것이라는 생각이 들어서였다.

그렇다면 이번 일은 그리 어렵지 않게 해결을 할 수가 있을 것이라는 생각이 들었다.

"그러면 이번 계약에 들어가는 모든 비용을 지원받을 수가 있는 겁니까?"

"그렇다네. 정부에서는 이번 계약에 모든 것을 지원해주기로 결정을 보았네. 그러니 무슨 수를 써서라도 절반의 지분을 확보해야 하네."

"정부에서 그렇게 지원을 해준다면 확실하게 그 정도는 받을 수 있다고 생각합니다."

첸리징이 자신감이 넘치게 대답을 해주니 왕해청도 입가에 미소를 지었다.

이들은 지금 내면으로는 다른 생각을 하면서도 겉으로

는 동지와 같은 분위기를 만들고 있었다.

한편 상수는 그런 사실을 모르고 저녁에 만나기로 한 장소로 이동을 하고 있었다.

첸리징은 약속 장소에 먼저 도착을 하여 상수를 기다리고 있었다.

상수가 도착을 하자 첸리징은 아주 정중하게 인사를 하였다.

"어서 오십시오, 정 사장님."

"반갑습니다. 코리안 시티의 사장으로 있는 정상수입니다."

상수는 명함을 주면서 인사를 하였다.

서로 간단하게 인사를 하고는 자리에 앉았지만 두 사람은 내심 지금 치열하게 상대의 생각을 파악하려고 하고 있었다.

상수는 첸리징을 보면서 상당한 지식을 가진 인물이라는 느낌을 강하고 받았다.

게다가 중국인치고는 정직한 인물로 보였다.

물론 사업을 하는 사람이니 겉모습을 가지고 판단을 할 수는 없지만 그래도 상수는 어느 정도는 상대의 인상을 보고 있었다.

"정 사장님, 직설적으로 말하겠습니다. 이번에 공사를

하시게 되면 중국에 회사를 설립하게 되는데 저희는 그 회사의 지분을 원하고 있습니다."

일본이나 중국이나 이번에 설립할 회사의 지분을 원하고 있었다.

이는 황금알을 낳는 회사가 될 것이기 때문에 이들이 이러는 것은 당연한 일이었다.

"그러면 그 회사의 지분을 얼마나 원하시는 겁니까?"

"저희는 50%의 지분을 원하고 있습니다."

상수는 중국도 일본과 마찬가지로 절반의 지분을 원하고 있다는 사실을 알게 되었다.

그렇다면 이들이 원하는 것을 주고 자신도 원하는 것을 얻으면 된다는 생각이 들었다.

이들이 원하는 절반을 줄 수는 없었지만 최대 지분인 51%를 확보하고 나머지는 이들에게 줄 수도 있었다.

그렇게 해야 나중에 회사가 산으로 가는 일은 생기지 않기 때문이었다.

"우리 원칙은 경영에 대해서는 간섭을 받지 않는 겁니다. 그래서 절반의 지분을 드릴 수는 없고 49%까지는 가능합니다. 물론 그 지분에 대한 금액을 얼마나 생각하시는 것에 따르겠지만 말입니다."

첸리징은 상수가 하는 이야기를 들으며 상수가 지분에

대해서도 결정권을 가지고 있다는 사실을 알 수가 있었다.

물론 코리아 시티도 어느 정도는 지분을 가지고 있을 것이라고 생각은 하고 있었다.

그렇지 않으면 이들이 이번 공사를 총괄적으로 관리하고 있지는 않을 것이기 때문이었다.

그리고 지분의 49%를 말하는 것을 보고는 확실하게 경영권을 확보하고 회사를 경영하려고 한다는 것을 느낄 수가 있었다.

물론 첸리징도 중국에 세워질 회사가 앞으로 얼마나 많은 돈을 벌지는 어느 정도 예상을 하고 있었다.

'49%의 지분을 생각하고 있다는 것은 저들이 모든 경영권을 가지고 운영을 하겠다는 생각인데……. 하기는 나 같아도 이 정도 이득을 보는 회사를 그냥 주고 싶지는 않을 것 같으니 말이야…….'

첸리징은 속으로 그렇게 생각을 하면서도 겉으로는 아주 부드러운 표정을 하는 베테랑이었다.

이번 회사는 엄청난 이득을 볼 수 있을 것이다.

아니, 실질적으로 그 이득이 어느 정도인지 이미 계산이 나와 있었기 때문에 중국 정부에서도 이런 엄청난 투자를 하려고 하는 것이다.

그리고 그 앞에 첸리징이 서 있는 것이고 말이다.

"그 이상은 힘드시다는 이야기입니까?"

"예, 그 이상의 지분은 제가 단독으로 결정할 수 없습니다. 아마도… 제가 아닌 러시아 정부와 직접 합의를 보아야 할 겁니다. 제가 해드릴 수 있는 선은 거기가 마지노선입니다. 그리고 사실 그 지분 속에는 저희 회사의 지분도 포함이 되어 있다는 사실을 알아주었으면 합니다."

첸리징은 상수의 말에 크게 놀라고 있었다.

코리아 시티의 지분도 이번에 양도할 지분 속에 포함이 되어 있다는 말이었기 때문이다.

막말로 황금알을 낳는 회사의 지분을 포기하겠다는 의미였다.

첸리징이 생각하기로는 정말 멍청한 행동이라는 생각이 들었기에 놀라기도 했지만 한편으로는 상수를 참 멍청한 인물이라는 생각도 했다.

'작은 이득에 눈이 멀어 지분을 포기하다니… 저런 인물이었던가?'

첸리징은 상수에 대한 생각을 전면적으로 수정을 하고 있었다.

상수는 이번에 세워질 회사의 지분을 100% 가지고 있었다.

이에 관해서는 러시아 정부와 사전에 이야기가 된 사항이다.

러시아 정부는 가스를 수출하는 것에 대한 지분만 원하지 그 이상의 사업권이나 이득에 대해서는 알아서 챙기라고 하고 있었다.

즉, 중국에서처럼 타국에 세워질 회사의 지분에 대해서는 신경을 쓰지 않는다는 이야기였다.

본국에서 나가는 양에 대한 이득만 있으면 된다는 생각이기도 했고 말이다.

물론 정부가 그런 결정을 내리기에는 마피아 총보스의 배경이 큰 역할을 했다.

아무튼 그런 사정을 모르고 있는 첸리징으로서는 눈앞의 상수만 잘 구슬리면 중국도 많은 지분을 가질 수 있다는 생각이 들었다.

그러다 보니 상수에 대한 로비를 하게 되었고 상수는 그런 첸리징의 로비를 아주 즐거운 기분으로 받아들이게 되었다.

*　　*　　*

상수가 그렇게 중국의 첸리징과 좋게 일을 보고 있을 때, 사우디의 요원들은 일본의 암살자들을 감시하고 있었다.

그러다가 암살자들이 일제히 입국하여 움직이는 것을 감지하자, 일시에 이들을 잡아들이기 위해 움직였다.

조금 외진 골목길.

홀로 골목길을 걸어가던 한 남자가 갑자기 길모퉁이를 도는 순간,

갑자기 튀어나와 자신을 공격하는 이에 반응조차 제대로 하지 못하고 쓰러졌다.

퍽!

스르륵.

"어서 옮겨라. 이제 두 명 남았다."

"예, 조장님."

요원들은 일본의 암살자들을 조용히 처리하기 위해 이렇게 조금은 과격하게 움직이고 있었다.

일본의 암살자들은 자신들을 주시하는 눈길이 있다는 사실을 모르고 모두 이들에게 제압을 당했고 요원들은 상수가 알려준 장소로 암살자들을 데리고 가고 있었다.

이제는 상수의 심복이라고 할 수 있는 세 남자는 상수에게 사전에 언질을 받았기에 요원들이 오는 것을 보고도

놀라지 않고 있었다.

"어서 오세요. 이야기는 들었습니다."

차에서 내리는 요원들 중에 가장 먼저 내린 요원을 보고 영택이 인사를 하였다.

사우디의 요원들 중에 한국말을 하는 인물은 조장이 유일하였다.

"반갑습니다. 국장님께 이야기는 들었습니다. 여기에 놈들을 가두어 둘 장소가 있다고 들었습니다."

"제가 안내를 해드리겠습니다."

영택은 무술을 배우고 싶어 왔지만 상수가 이상한 인물들과 연관이 있다는 것을 알고는 처음에는 이상하게 생각했는데 이들이 일본인이라는 것을 알고는 적극적으로 상수의 일에 가담하였다.

물론 자신의 능력이 되는 범위 안에서였지만 말이다.

상수는 영택과 친구들이 아직은 실력이 부족하다고 생각하고 있었기에 이들에게 시간을 더 주려고 하고 있었다.

한국에서는 몰라도 외국으로 나가면 총기들이 있기 때문에 생명의 위험을 느낄 수 있었기 때문이다.

그리고 아직 이들은 총기에 익숙하지 않기 때문에 그에 대한 단련도 필요했다.

그렇게 일본의 암살자들은 아무도 모르게 모처의 지하로 옮겨졌다.

이들이 이곳에 있다는 사실은 아무도 모르고 있었다.

제2장 일본의 음모

UNION BANK

상수는 중국의 첸리징과 아주 좋게 일을 보고는 돌아오는 길에 보고를 받고 있었다.

"국장님, 놈들을 모두 잡아들였습니다."

"흠, 그러면 놈들은 그곳에 있는 건가요?"

"예, 지시하신 대로 놈들을 지하에 가두어 두었습니다."

"알았어요. 지금 그쪽으로 바로 가지요."

상수는 그렇게 대답을 하고는 바로 영택이 있는 곳으로 이동했다.

우선은 놈들이 자신을 암살하라 지시한 인물에 대한 것을 묻고 그다음에는 이들이 있는 조직에 대한 질문이었다.

상수는 자신의 적이라는 생각이 들면 가차없이 놈들을 제거할 생각을 하고 있었다.

이제 중국과의 일은 해결이 되었고 마지막으로 계약만 하면 되는 일이었다.

계약을 할 때는 자신이 없어도 상관이 없다고 보였기에 상수는 이번에 일본으로 갈 생각을 하고 있었다.

"나를 건드렸으니 그에 대한 벌을 받아야겠지. 기다려라."

상수는 그렇게 중얼거리며 차량을 몰고 가고 있었다.

영택이 있는 곳에 상수가 도착을 하자 요원들이 먼저 인사를 했다.

"안녕하십니까, 국장님."

"모두 반갑습니다. 그동안 잘 지냈지요?"

"예, 요즘은 일이 없어 몸을 만들고 있었습니다."

"보고는 조금 있다가 받기로 하고 우선은 놈들을 먼저 보고 싶군요."

"제가 안내를 하겠습니다, 국장님."

요원들이 저택에 머물러서 그런지 영택과 나머지 둘은

지금 수련을 한다고 산으로 들어가 있었다.

셋은 상수의 수하들이 생각 외로 많다는 것을 알게 되었다.

이들의 실력이 그렇게 나쁘지 않다는 것을 알게 되자 더욱 수련에 전념하게 되었다.

하기는 일반 건달들과는 다르게 사우디의 요원들은 정예 중에 정예로만 이루어져 있다. 때문에 당연히 무술 실력도 하나같이 대단했다.

요원이 안내하는 지하로 가니 암살자로 보이는 인물들이 묶여 있는 것을 볼 수 있었다.

세 명의 암살자는 자신들이 아직도 여기에 어떻게 와 있는지를 모르는 표정들이었다.

"여기는 내가 알아서 처리할 것이니 위에서 기다려 줘요."

요원들은 상수가 고문을 하는 방법에 대한 이야기를 들었기에 상수의 지시에 그대로 따랐다.

"알겠습니다, 국장님."

요원들이 올라가자 상수는 놈들이 있는 문을 열고 안으로 들어갔다.

상수가 들어오자 놈들은 그런 상수를 노려보고 있었다.

상수는 자신을 노려보는 놈들을 보며 차가운 미소를 지

었다.

"내가 누군지는 이미 알고 있겠지?"

상수가 일본어로 질문을 하니 이들은 그런 상수를 노려보고만 있었다.

"나를 암살하기 위해 출발을 한 암살자들이 이렇게 힘없이 잡힐 줄은 몰랐겠지?"

상수는 이들에게 질문을 하는 것이 아니라 그냥 혼자 중얼거리면서 이들에게 다가갔다.

어차피 이들은 알고 있는 것이 그리 많지 않다는 사실을 알고 있었기에 이들에게 최악의 공포가 어떤 것인지를 느끼게 해주고 싶어 여기로 온 것이다.

이미 이들이 말하기 전에 누가 이들에게 그런 청부를 하였는지도 상수는 알고 있었기 때문이었다.

상수는 품에서 침을 꺼내서는 놈들의 몸을 여기저기 찔렀다.

세 명의 암살자는 자신의 몸을 침으로 찌르는 것을 보고는 속으로 비웃고 있었다.

저런 정도의 고문이라면 매일 받아도 상관이 없다는 그런 표정이었다.

'멍청한 놈. 그런 정도의 고문은 우리에게 통하지 않는다는 것을 모르는 모양이군.'

이들이 그렇게 상수를 비웃고 있을 때 상수는 부지런히 침으로 이들의 몸을 찌르고는 천천히 입을 열었다.

"지금 내가 하는 짓을 비웃고 있겠지만 과연 시간이 지나도 그럴 수 있는지가 궁금하네. 지금부터 느껴지는 고통을 잘 참아야 할 것이다."

상수는 그렇게 말을 하고는 다시 나가 버렸다.

이들이 느끼는 고통의 시간이 어느 정도인지를 상수는 이미 알고 있었기 때문이고 솔직히 이들을 살려줄 생각이 없기도 해서였다.

이들이 고통을 느끼면서 죽는 것이 그동안 이들이 저지른 잘못에 대한 대우라고 생각이 들어서였다.

상수가 나가고 암살자들은 처음에는 그런 상수를 비웃고 있었지만 시간이 지나면서 몸에 점점 이상이 오기 시작했다.

그래서 옆에 동료를 보고 말을 하려고 하였는데 입이 열리지가 않는 것이 아닌가?

"……!"

이들은 자신들의 입이 열리지 않자 무언가 잘못되었다는 것을 깨달았다.

어쩐지 자신들에게 아무런 질문도 하지 않고 그냥 차가운 미소만 짓고 있는 것이 이상하다는 생각이 들었는데 이런 조치를 하고 갔을 줄은 생각도 하지 못하고 있었다.

점점 몸에서는 엄청난 고통이 느껴지고 있었고 소리를 지르고 싶지만 입이 열리지 않으니 이마에 땀이 흐르기 시작했다.

상수는 그런 이들에 대해서는 신경도 쓰지 않고 요원들과 만나 보고를 듣고 있는 중이었다.

암살자들은 자신을 죽이기 위해 온 놈들이기 때문에 죽어도 그만이라는 생각을 가지고 있어서였다.

"다크 세븐과 미국의 정보부와는 어떻게 되고 있습니까?"

"저희가 흘린 정보로 인해 미국 내 조직이 정보부의 공격으로 엄청난 타격을 받았고 그로 인해 다크 세븐도 그런 미국 정보부의 요원들을 암살하고 있다고 합니다. 이미 서로에게 상당한 타격을 주고 있으니 이대로 상대에 대한 공격을 멈추지는 않을 것 같습니다."

상수는 미국의 다크 세븐에 대한 정보를 정보부에 준 이유가 바로 둘이 치고 박고 싸우라고 준 것이다.

그리고 자신의 예상대로 미국 정보부는 아주 잘해주고 있었고 말이다.

"요원들에게 다크 세븐의 움직임을 잘 감시하라고 전하

세요. 놈들이 아마도 조만간에 본체를 움직일 확률이 높으니 말입니다. 우리는 저들의 잔재 세력을 두고 본거지를 알아내서 이번에 확실하게 놈들에 대한 정리를 해야 합니다."

"예, 놈들의 대한 감시는 지금도 철저하게 하고 있습니다. 미국 지부의 절반이 날아갔으니 아마도 놈들의 움직임을 잡을 수가 있을 겁니다."

다크 세븐의 미국 지부장은 이미 상수에게 잡혀 있었지만 놈들은 그런 경우를 대비하여 항상 스페어를 준비하고 있다는 생각이 들어 우선은 놈들의 움직임을 주시하라고 하였던 것이다.

상수의 생각대로 놈들은 지부장이 없어도 정보를 얻는 것에는 아무런 이상이 없이 움직임을 보이고 있었고 이제 서서히 그런 놈들의 움직임을 파악할 수가 있을 것이라는 생각이 들었다.

상수는 다크 세븐의 비밀 거점을 모르기 때문에 놈들을 박살을 내고 싶어도 그럴 수가 없었지만 조만간에 놈들의 거점을 알아낼 수 있을 것이라고 생각하고 있었다.

놈들이 다급해지면 아마도 전력을 보내게 될 것이고 그런 사정으로 인해 놈들의 거점들이 밝혀지기 시작할 것이라는 생각을 하고 있었기 때문이다.

"다크 세븐의 일은 그렇게 하고 전에 지시하였던 연구소에 대한 조사는 어찌 되고 있습니까?"

"국장님, 그 연구소에 대한 조사를 하였는데 이상한 것들을 발견하였습니다."

상수는 요원의 보고에 눈빛이 빛나기 시작했다.

"무엇을 말입니까?"

"예, 다름이 아니라 그 연구소에 있는 직원들은 한국인이지만 연구원들은 한국 국적을 가진 일본인들이었습니다. 그리고 그 연구소에서 연구를 하는 것들이 모두 인체에 대한 바이러스였는데 아마도 저희가 보기에는 과거의 연구를 이어서 하고 있는 것 같았습니다. 그래서 누리라는 회사를 조사하였는데 일본의 세력이 지원을 하는 회사였습니다."

상수는 보고를 들으면서 속에서 부글거리는 것을 참고 있었다.

결국 누리라는 회사는 한국에 있기는 하지만 일본 회사라는 말이었기 때문이다.

"그러면 누리라는 회사는 일본의 회사고 그 연구소는 일본이 은밀히 바이러스를 연구하기 위해 한국 회사로 위장한 곳이라는 이야기입니까?"

"그렇습니다. 나중에 문제가 발생해도 일본은 아무런

문제가 없게 하려고 그렇게 한 모양입니다. 그리고 연구소를 조사하면서 저들이 인체와 연관된 바이러스를 연구하고 있다는 사실을 알아냈습니다. 그래서 샘플을 구해 이미 본국으로 보내 연구를 하라고 하였습니다."

상수는 사우디의 요원들이 아주 잘하고 있다는 생각이 들었다.

인체와 연관된 바이러스는 왜 연구하고 있는지는 모르지만 은밀하게 한국에서 연구하는 것을 보면 이를 통해 놈들의 음모를 파악할 수도 있다는 생각이 들었다.

"한국 연구소로 위장하여 그런 연구를 하고 있다면 이는 조만간에 문제가 될지도 모르겠네요. 아직 그곳에 요원들이 남아 있나요?"

"그렇습니다. 인원을 조금 더 보강하여 연구소를 주시하고 있습니다."

"우선은 연구소에 출입하는 이들에 대한 모든 조사를 하시고 일본에서 직접 오는 이들이 누구인지를 파악하세요. 연구소를 그렇게 운영을 하는 것을 보니 놈들이 그 연구소를 아주 중요하게 생각하고 있는 것 같으니 말입니다."

상수는 놈들이 무언가를 숨기고 있다는 생각이 강하게 들었다.

그래서 하는 지시였다.

바이러스를 연구하는 연구소가 타국에 있는 것을 보면 아마도 본국에서는 하지 못하는 그런 일을 실험하는 것이라는 판단이 들었다.

일본의 잔인함은 이미 세계적으로 알려져 있었다.

때문에 상수는 그런 일본인이 단순한 바이러스만 연구를 하고 있지는 않을 것이라는 생각이 들었다.

"알겠습니다, 국장님."

요원들도 연구소에 대한 조사를 하면서 생각과는 다르게 무언가 있을 것이라는 생각을 하고 있었기에 상수의 지시에 바로 대답했다.

회사 건에 대한 처리는 지성에게 지시를 하였고 이제 상수는 일본으로 떠나기만 하면 되었다.

상수는 이번 일본행에 아주 놈들을 확실하게 손을 봐줄 생각을 하고 있었다.

상수는 요원들에게 일본에 대한 정보를 모두 들었기에 도착하는 즉시 바로 움직일 수 있었다.

상수가 떠나고 영택과 친구들은 지하에 있는 이들에게 밥을 주기 위해 내려갔다가 기겁을 하고 말았다.

있어야 할 사람은 보이지 않고 안에는 피비린내만 잔득 남아 있었다.

"헉! 이 냄새는 피비린내인데… 고문을 당해 죽은 거야?"

"내가 어떻게 아냐? 사장님이 왔다 가셨다는 이야기는 들었는데 말이다."

영택과 친구들은 상수가 그냥 평범한 회사의 사장은 아니라는 생각이 점점 강하게 들고 있었다.

그의 실력이 엄청났기 때문이다.

"우리가 국제적인 범죄 단체에 가입을 한 것이 아닐까?"

권상문이 약간은 두려운 눈빛을 하며 친구들을 보며 물었다.

그러자 영택이 강하게 고개를 저었다.

"그건 아닐 거야. 사장님이 범죄를 저지르는 인물이었다면 지금 우리를 이렇게 두지는 않았을 거야."

영택의 말에 나머지 친구들도 인정을 하는지 고개를 끄덕이기는 했다.

하지만 두 친구의 눈에는 아직도 약간의 두려움이 남아 있었다.

이들이 이러고 있을 때 상수는 일본행 비행기를 타고 일본으로 향하고 있었다.

요원들도 일부는 같은 비행기를 타고 가고 있었지만 각

기 자리를 따로 하고 가는 중이었다.

일본에 도착한 상수는 먼저 요원들이 준비를 한 호텔로 이동했다.

“국장님, 야마토가 내일 돌아온다고 합니다. 그러니 오늘은 쉬십시오.”

이들은 상수가 일본에 온 이유를 알기에 야마토에 대한 정보를 가장 먼저 말해주었다.

“우선 일본 내에 있는 극우 세력에 대한 정보를 보고 싶네요.”

“예, 바로 준비하겠습니다.”

상수는 요원이 나가는 것을 보고는 창가로 가서 창밖을 보았다.

일본이라는 나라에 와 보니 참으로 화려한 나라라는 생각이 들었다.

창밖의 풍경은 화려함의 극치를 보여주고 있었고 많은 이가 그런 화려한 불빛 속에서 움직이는 것을 보니 일본도 참 바쁘게 살고 있다는 생각이 들었다.

상수는 그런 생각을 하고 있을 때 요원이 노크를 하고 있었다.

똑똑.

“들어오세요.”

문이 열리면서 이번에는 새로운 요원이 들어왔다.

"국장님, 극우 세력에 대한 서류를 가지고 왔습니다."

"서류는 거기에 두고 제가 따로 들어야 할 말이 있나요?"

상수의 질문에 요원은 바로 대답을 했다.

"아직 저들의 모든 세력을 파악을 한 것은 아니지만, 극우 세력의 핵심적인 인물들에 대한 것은 어느 정도 파악이 끝났습니다. 이것부터 말씀드리겠습니다."

그러면서 요원은 극우 세력의 핵심 인물들의 정보와 현재 있는 장소에 대한 이야기를 해주었다.

극우 세력의 핵심 인물들이 있다는 곳에는 경호가 삼엄하여 이들도 아직 그곳에 대해서는 조사를 하지 못하고 있었다.

그만큼 삼엄한 경비를 서고 있었고 아직 그 핵심적인 인물들에 대한 파악을 하지 못하고 있다는 말이었다.

"그러면 그곳에 대해 조사를 하면 되겠군요?"

상수의 대답에 요원은 놀란 표정을 지었다.

자신들도 조사를 하려고 하였지만 경비가 삼엄하여 아직도 조사를 하지 못하고 있었기 때문이었다.

"예, 그곳만 조사를 하면 아마도 극우 세력에 대한 모든 자료를 얻을 수가 있을 거라고 생각합니다."

"그래요? 그러면 그곳을 집중적으로 감시하세요. 제 생각에는 보이는 인물이 아니라 보이지 않는 이들을 파악해야 한다는 생각이 드니 말입니다."

상수의 말에 요원은 놀라는 눈빛을 하였다.

자신들이 생각하지 못한 것을 상수가 언급하자 놀란 것이다.

"그렇게 하면 되겠습니다. 아직 극우에 속해 있는 이들이 누구인지를 모두 파악을 하지 못했는데 조금 시간이 걸리기는 하겠지만 그렇게 하면 충분히 놈들에 대해서 확실하게 알 수가 있을 겁니다."

"그냥 두면 시간이 걸리니 우선 놈들의 근거지 중 하나를 공격하는 것이 좋겠네요. 그래야 놈들이 놀라 많은 이를 부르지 않겠어요?"

상수의 대답에 요원들도 고개를 끄덕였다.

만약에 놈들의 아지트 중에 중요한 곳을 먼저 공격하여 박살을 내게 되면 아마도 놈들도 누가 자신들을 공격하였는지에 대해 조사를 하게 될 것이고 정체를 밝히지 못하게 되면 상수의 말대로 은밀히 회동을 할 것이라는 생각이 들어서였다.

그때를 노리면 우익에 속해 있는 이들에 대해 정확한 정보를 얻을 수가 있을 것이라는 판단이 들었다.

상수의 지시로 요원들은 우선적으로 공격을 할 곳을 선정하기 위해 움직이기 시작했다.

이들도 상수가 그리 시간이 많은 사람이 아니라는 것을 알고 있어서였다.

띠리링.

"여보세요?"

—국장님, 지난번에 말씀하신 연구소에 대한 것을 보고 드리려고 합니다.

상수는 그동안 기다리고 있었던 보고라 조금은 흥분을 하기 시작했다.

연구소에서 비밀리에 연구를 하는 것은 바로 세균에 대한 것이었기 때문에 일본에서 하지 않고 다른 나라에서 연구소를 운영하고 있었던 것이다.

이들이 그러는 이유는 혹시 모를 위험을 피하기 위해서였다.

자국에서 세균에 대한 감염이 생기게 되면 이에 대비를 할 수가 없었기 때문이다.

상수는 연구소에 대한 보고를 들으면서 속으로 치를 떨고 있었다.

'이런 죽일 놈들 자기네 나라 사람들이 피해 입는 것을 막기 위해 타국에서 그런 연구를 하고 있었네. 하여

튼 일본이라는 나라는 도저히 믿을 수가 없는 놈들이네.'

상수는 보고를 들으며 속으로 놈들을 그냥 두지 않을 생각을 하고 있었다.

우익들도 연구소와 상관이 없지는 않을 것이라는 것이 상수의 판단이었다.

"그 정도에서 연구소에 대한 조사는 그만두고 이번 결과를 그쪽 정부에 은밀히 흘리도록 하세요. 우리가 직접 개입하는 것은 좋지 않으니 그쪽 정부에서 직접 처리를 하게 하는 것이 좋겠네요.

—알겠습니다. 저희가 은밀히 정보를 흘려서 처리하도록 하겠습니다, 국장님.

"예, 그렇게 하세요.

상수의 지시로 인해 연구소에 대한 정보는 정부의 고위 관계자에게 흘러가게 되었다.

상수는 사실 연구소에 원한이 있기는 하지만 그렇다고 그들을 모두 죽일 수는 없는 일이다. 때문에 정부의 손을 빌려서 처리하려는 것이다.

상수는 누리에 보복을 하는 방법을 자신이 직접 하는 것도 좋지만 지금과 같은 방법으로 하는 것도 나쁘지 않다고 생각이 들었다.

'누리와 연구소에 대한 문제는 그렇게 처리를 하면 되고 이제 남은 것은 여기에서 해야 하는 일만 하면 되겠네.'

상수는 그렇게 생각을 하니 가슴 한쪽이 시원해지는 기분을 느끼게 되었다.

제3장 일본 속의 한국인

UNION BANK

그동안 연구소에 대한 생각으로 조금은 찜찜하게 느껴졌는데 그런 찜찜함을 한 번에 해결을 보게 되었으니 기분이 좋았던 것이다.

상수는 기분이나 전환할 겸, 호텔을 벗어나 근처의 술집으로 가게 되었다.

술집으로 들어가니 안에는 많은 이가 대화를 나누며 술을 마시고 있는 것이 보였다.

"어서 오십시오."

상수를 보고 종업원이 아주 친절하게 인사를 했다.

"좋은 자리로 안내해 주세요."

"알겠습니다. 손님."

종업원은 상수가 입고 있는 옷을 보고는 급하게 대답을 하였다.

상수는 일본으로 오면서 아주 고급스러운 옷을 입고 있었다.

이는 남들에게 무시를 당하고 싶은 생각이 없어서였다.

특히나 일본에 와서 그런 대접을 받으면 상수의 자존심이 상할 것 같아 특별히 외양을 신경 쓰고 있었다.

상수가 안내를 받은 곳은 룸이었다.

상당한 돈을 투자하여 만든 곳이라는 느낌이 들 정도로 고급스러운 곳이었다.

상수는 안내를 받은 곳을 보고 아주 만족한 표정을 지었다.

"좋군요."

"감사합니다. 손님."

종업원도 자신이 안내를 한 곳을 보며 만족한 얼굴을 하고 있는 상수를 보고는 입가에 미소를 지었다.

자리를 잡은 상수는 아가씨와 즐거운 대화를 나누고 있었는데 갑자기 시끄러운 소리가 들리는 바람에 인상을 쓰게 되었다.

"갑자기 왜 이러지?"

상수가 얼굴에 인상을 쓰며 말을 하니 아가씨는 그런 상수를 보고는 대답을 했다.

"잠시만 기다려 주세요. 제가 알아볼게요."

"그래 주겠어?"

"예, 잠시만요."

아가씨는 바로 문을 열고 밖으로 나가게 되었다.

그런데 밖에는 아가씨가 생각하는 것과는 다르게 상당히 혼란스러운 상황이었다.

상수는 이미 싸움이 벌어졌다는 것을 알고 있었지만 자신과는 상관이 없었기 때문에 그냥 무시를 하고 있었다.

그런데 놈들이 하는 이야기를 듣고 나서는 상수도 그냥 있을 수가 없게 되었다. 바로 이들이 싸움을 하게 된 이유가 한국 아가씨 때문이라는 말을 들었기 때문이었다.

"무슨 일이지?"

상수는 한국인이라는 말에 자리에서 일어났다.

일본에는 한국 아가씨가 상당히 많다는 이야기를 들어 알고 있어서였다.

상수가 애국자는 아니지만 그래도 같은 동포라면 도움을 주고 싶다는 생각은 가지고 있었다.

상수가 밖으로 나가자 자신과 같이 있던 아가씨가 눈에

보였다.

아가씨는 상황을 알아보고 이야기를 해주기로 했는데 구경을 하느라 잊고 있는 모양이었다.

그런 아가씨를 보고 상수는 자신도 모르게 입가에 미소를 짓고 말았다.

'후후, 나에게 상황을 이야기해 준다고 하고는 구경을 한다고 정신이 없어 보이네.'

상수는 그런 아가씨를 보고 나서 주변을 살폈다.

손님들이 싸우고 있는 곳은 룸이 아닌 홀이었기에 상황을 금방 파악할 수가 있었다.

한쪽은 일본인이었고 다른 한쪽은 한국 남자들이었는데 이들이 싸우게 된 이유는 한국 아가씨에게 일본인이 폭행을 하며 한국에 대한 모욕을 주었기 때문이었다.

한국인을 비하하는 말에 같은 한국의 남자로 듣고만 있을 수가 없어 결국 이들과 언쟁이 일어났고 결국은 서로 주먹질을 하게 된 것이다.

상수는 주먹질을 하는 일이야 남자들 간에 흔하게 일어날 수가 있는 일이기 때문에 그냥 넘어가려고 하였는데 상수는 나오는 시점에 이상한 놈들이 눈에 보였기에 잠시 더 보고 있기로 했다.

'흠, 저놈들은 야쿠자인 것 같은데?'

상수가 보기에는 그렇게 보였다.

상수의 예상대로 야쿠자들은 자신들이 보호를 하는 업소에서 행패를 부리고 있는 두 무리의 남자에 대한 이야기를 듣고는 바로 나오게 되었다.

그리고 이들은 한국인이 일본인과 싸우고 있다는 이야기를 듣고는 인상을 쓰고 있었다.

여기는 일본이었고 그런 일본에서 감히 한국인이 행패를 부리고 있다는 사실이 이들을 흥분하게 만들고 있었다.

"어떤 놈이 여기서 지랄이야?"

야쿠자들 중에 한 명이 나오며 고함을 치자 두 무리의 남자는 고개를 돌려 상대를 보게 되었다.

온몸에 문신이 가득한 남자들이 오는 것을 보자 긴장감이 들었는지 바로 대답을 하지 못하고 있었다.

이들은 한국 남자들이 있는 곳에 도착을 하자 바로 입을 열었다.

"어이! 여기가 어디인지는 알고 행패를 부리고 있는 거냐? 감히 내가 관리를 하는 업소에서 행패를 부리는 것을 보니 죽고 싶어 환장을 한 모양이야."

남자는 조직 내에서도 제법 서열이 있는 것인지 아니면 그만큼 전투를 해서 그런지는 모르지만 상당한 카리스마를 보이고 있었다.

남자의 그 한마디에 일본 남자나 한국 남자들은 바로 꼬리를 내리는 모습을 보여주었다.

일본 야쿠자들이 얼마나 위세가 대단한지를 보여주는 광경이었다.

상수는 그런 장면을 보면서 오늘 야쿠자 놈들을 조금 손을 보아야겠다는 생각이 들었다.

'하아, 어디를 가도 건달 놈들이 하는 짓은 변함이 없네. 그래도 한국 사람이 당하는 것을 두고 볼 수는 없으니 도움을 주어야겠다.'

상수는 그렇게 생각을 하고는 놈들이 하는 짓을 보고 있었다.

다행히 말로 끝난다면 자신이 개입을 하지 않아도 되기 때문이었다.

상수가 그런 생각을 하고 있을 때 한국 남자 중에 한 명이 나서서 자신의 행동이 정당하다고 말을 하고 있었다.

"우리는 절대로 소란을 피우려고 한 것이 아닙니다. 소란은 저기에 있는 사람들이 먼저 한 짓입니다."

남자의 대답에 야쿠자의 눈이 일본인 남자들에게 돌려졌다.

그러자 그 일본인 남자는 급하게 고개를 흔들면서 변명

을 하였다.

"아닙니다. 우리가 소란을 피우려고 한 것이 아니라 저기 있는 한국 년이 말을 듣지 않아 그런 겁니다."

"말을 듣지 않았다고? 무슨 말인지 정확하게 말해봐."

야쿠자는 한국 여자가 말을 듣지 않았다고 하자 눈빛이 조금 달라져 있었다.

이곳에 근무를 하는 여자들은 대부분에 야쿠자들이 관리를 하고 있었기 때문이었다.

그러자 일본 남자는 자신들이 한 짓은 생각지 않고 조금은 거짓을 보태 말을 하고 있었다.

한국 남자들도 세부적인 일은 모르고 있었고 단지 심하게 구타를 하는 모습을 보고 말리려다가 싸움이 된 일이기 때문에 말을 하지는 못하고 있었다.

"흠, 결국 저기 한국 년이 일본인을 무시해서 일어난 일이라는 말이네?"

"그렇습니다. 감히 돈을 벌기 위해 온 년이 우리 일본인을 무시하는 발언을 해서 제가 참지를 못해 일어난 일입니다."

일본인 남자는 한국 여자에게 심하게 대한 일은 말을 하지 않고 자신이 폭행을 하다가 여자가 반항을 한 이야기를 하면서 변명을 하고 있었다.

한국 여자도 일본인이 하는 이야기를 듣고 있었는지 몸을 일으키며 아니라고 고함을 질렀다.

"아니야! 내가 먼저 그런 것이 아니라 당신들이 먼저 나를 희롱해서 그런 것이잖아."

한국 여자가 고함을 지르자 야쿠자 놈은 인상을 썼다.

"데리고 가서 교육을 다시 시키도록 해라. 감히 손님에게 대항을 하면 어떤 벌을 받게 되는지를 몸으로 느끼게 해주어라. 그리고 당신들은 나를 따라와야겠어. 왜 그런지는 당신들도 알지?"

주변에 보는 눈이 많아서 그런지 놈은 그렇게 말을 하고 있었다.

야쿠자 놈은 한국인과 일본인을 모두 데리고 가서 일본인은 그냥 보내고 한국 남자들에게는 철저하게 대해 주려고 하고 있었다.

상수는 그런 놈들의 행동을 보며 금방 내심을 짐작할 수가 있었다.

그리고 솔직히 자신도 그렇게 해주기를 바라고 있었고 말이다.

상수는 서둘러 룸으로 가서 계산을 하고 나왔다.

놈들이 데리고 간 곳으로 가기 위해서였다.

야쿠자들은 상수의 예상대로 일본인들을 모두 보냈고

한국 남자들에게 협박을 하고 있었다.

"여기가 어디라고 감히 조센징 놈들이 행패를 부려? 너희 죽고 싶어 환장을 한 거지?"

"우… 리들을 어떻게 하려고 하는 것이오?"

"응? 어떻게는 무슨 보상을 해주면 집으로 가게 해줄 거야. 보상 말이야 무슨 말인지 알지?"

남자들은 보상이라는 말에 조금은 얼굴이 펴지고 있었다.

그래도 몸 성히 갈 수 있다는 말을 들어서였다.

"얼마를 보상해야 합니까?"

남자의 대답에 야쿠자들의 입가에는 미소가 그려지고 있었다.

이들은 이번에 확실하게 챙기려고 하는 것으로 보였다.

"일억 엔만 내면 보내줄게."

야쿠자들은 아주 태연하게 금액을 불렀다.

"예에? 일억이라고요?"

야쿠자들이 하는 대답에 남자는 놀란 눈을 하고는 동료들을 보았다.

동료들도 야쿠자들이 일억 엔을 달라고 할 것이라고는 예상치 못했는지 모두들 놀라는 얼굴이었다.

사실 남자들도 어느 정도는 재산이 있기는 하지만 그

정도의 자산을 가지고 있지는 않았기에 놀라는 것은 당연한 일이었다.

상수는 놈들이 하는 이야기를 듣고 있다가 이제는 나서야겠다는 생각이 들었다.

"그 일억을 왜 저분들만 내야 하는 거지?"

갑자기 들려온 목소리에 야쿠자들과 남자들은 모두 놀라고 말았다.

"어떤 놈이 여기를 들어온 것이냐?"

야쿠자들 중에 한 남자가 상수를 발견하고는 빠르게 정신을 찾았는지 바로 고함을 질렀다.

"나? 부당한 일을 당하고 있는 한국 사람이라 개입을 하게 되었지."

상수는 자신이 한국 사람이라고 하며 나섰다.

그런 상수를 보고 남자는 빠르게 지시를 내렸다.

"놈을 끌고 와라."

"예,"

한 남자의 지시에 다른 이들이 대답을 하고는 바로 상수에게 달려들었다.

이들은 상수가 누구인지도 모르니 당연한 일이지만 말이다.

상수는 자신에게 다가오는 야쿠자들을 보며 입가에 차

가운 미소를 지어주었다.

자신이 보기에 저들은 정말 형편없는 실력을 가지고 있었기 때문이었다.

두 명의 야쿠자는 그런 사실을 모르고 상수에게 공격을 하였다.

상수는 두 명의 야쿠자가 하는 공격을 보며 양손을 들어 가볍게 잡으며 비틀어 버렸다.

"네놈들이 대화로 문제를 풀 생각이 없고 몸으로 이야기를 하자고 하니 나도 그렇게 하지."

상수는 그렇게 말을 하며 놈들에게 일격을 날려주었다.

퍼걱!

빠각!

"크윽!"

"으윽!"

두 명의 야쿠자가 너무도 가볍게 당하는 모습에 지시를 내린 야쿠자는 놀란 눈을 하며 상수를 보게 되었다.

그리고 상수의 움직임에 단련이 된 놈이라는 생각이 들었는지 눈가에 긴장감이 들기 시작했다.

그리고는 자신의 허벅지에서 단검을 꺼내 들었다.

항시 휴대를 하고 있는 것이라 단검을 빼 들면 조금은 자신감이 들어서였다.

"네놈은 누구냐?"

"나? 한국인이라고 하지 않았나?"

상수는 자신을 한국인이라고 설명을 해주었다.

한데 아직 이해를 하지 못하고 있는 놈을 보고는 다시 설명을 해주었다.

"네놈이 한국인이든지 아니든지 나의 일을 방해하였으니 그냥 보낼 수는 없구나."

남자는 그렇게 말을 하고는 단검을 들고 상수에게 다가왔다.

상수는 남자가 단검을 들자 얼굴에 생기는 자신감을 읽을 수가 있었다.

하지만 그렇다고 걱정을 하지는 않았다.

남자는 단검을 이용하여 상수를 공격하기 시작했다.

쉬이익!

단검을 가지고 하는 공격을 보니 상당한 수련을 하였다는 것을 상수도 느낄 수가 있을 정도였다.

제법 실력이 있기는 하지만 상수가 보기에는 아직은 많은 것이 부족해 보였다.

상수는 놈이 공격하는 단검을 들고 있는 팔을 강하게 쳤다.

퍽!

뿌드득!

챙그렁!

"크윽!"

단검을 들고 있는 팔이 단방에 부러지자 남자는 그 고통에 신음을 흘리며 단검을 떨어뜨리고 말았다.

상수는 신음을 흘리는 야쿠자의 소리가 듣기 싫었기에 남자에게 다가가 발로 놈의 턱을 걷어차 버렸다.

퍼걱!

"컥!"

놈은 그 한 방에 기절을 하였는지 눈에 초점이 사라지며 쓰러졌다.

상수는 놈들이 쓰러지자 바로 한국의 남자들을 보며 한국말로 물었다.

"어디 다치지는 않았습니까?"

"아, 예, 저희는 다치지 않았습니다. 도움을 주셔서 감사합니다."

"우선은 인사는 나중에 하고 나갑시다. 여기서 있으면 놈들이 또 몰려올 테니 말입니다."

"예, 알겠습니다."

상수는 야쿠자들이 무서운 것이 아니지만 귀찮은 일을 당하고 싶은 생각은 없었기에 최대한 빨리 나가려고 하였다.

자신이 해야 하는 일들이 있기 때문에 이런 사소한 일 때문에 시간을 빼앗기고 싶지가 않아서였다.

상수는 술을 마시려고 하다가 우연히 한국인들을 구해주게 되었지만 후회를 하지는 않았다.

물론 그들에게 고맙다는 인사를 받았고 말이다.

밤을 편하게 쉰 상수는 다음 날 바로 은밀히 이동을 하였다.

제4장 우익의 거점을 털다

UNION BANK

"저기가 놈들이 있는 장소입니다."

상수는 지금 극우 세력의 비밀 근거지 중 하나를 처리하기 위해 나섰다.

물론 이번 작전에는 요원들도 참여를 하게 되었다.

상수만 움직이기에는 위험하기도 했지만 요원들이 강력하게 항의를 해서였다.

상수의 실력을 알고는 있지만 일본은 한국과는 다르게 총기를 사용하기 때문에 잘못하면 상당히 위험해질 수가 있었다.

때문에 요원들도 그런 상황을 생각해서 강력하게 자신들도 이번 작전에 참여를 하게 해달라고 하였기 때문이다.

지금 상수가 보고 있는 곳은 작은 빌딩이었다.

더구나 주변에 사람도 많이 다니지 않아 놈들을 처리하기에 아주 좋은 장소로 보였다.

"저기를 털면 놈들도 놀라겠군요?"

"예, 아마도 놈들도 깜짝 놀라게 될 겁니다."

하기는 일본에 있는 극우 놈들은 자신들의 거점을 노출시키지 않으려고 비밀리에 운영하고 있었다.

그런데 그런 거점 중 하나가 털리게 되면 놈들은 당연히 놀라고 허둥거릴 것이 눈에 보였다.

항상 완벽하고 은밀하다는 생각을 하고 있는 놈들이니 더욱 그 반응이 궁금해지는 상수였고 말이다.

"폭약은 충분한가요?"

"예, 저 정도 건물을 박살 낼 정도는 충분합니다, 국장님."

"내일이 궁금해지는군요."

상수는 잠입을 하여 놈들이 가지고 있는 자금과 비밀서류들을 모두 가지고 나올 생각이었다.

그리고 놈들에게 커다란 선물도 준비를 하였고 말이다.

극우 놈들은 인간이 아니라는 생각을 하고 있어서 놈들이 출근을 하는 시간에 맞추어 폭탄이 터지게 하려는 것이다.

일본에서 이런 테러가 발생하면 아마도 전국이 시끄럽게 되겠지만 그중에 우익이 가장 발광을 할 것이기에 상수는 그런 우익의 반응이 궁금했다.

상수의 목적은 비밀 거점이 아니다. 이번 공격으로 인해 놈들의 틈을 만들려는 것이다.

틈이 생기게 되면 놈들도 그냥 있지는 않을 것이고 이로 인해 상수가 원하는 정보를 얻기가 쉬울 터였다.

시간이 되자 상수와 요원들은 천천히 몸을 움직이기 시작했다.

이번 작전은 요원들도 함께하기로 하였기에 상수가 더욱 몸의 혈기를 이용하여 주변을 탐지하고 있었다.

'에이, 그냥 나 혼자 들어가서 일을 보는 것이 더 빠른데 요원들을 괜히 데리고 와서 고생을 하고 있네.'

상수는 요원들이 자신에게 정보를 주는 것이 고맙기는 하지만 이렇게 일을 하는 것에 방해를 받고 있다는 생각을 하고 있었다.

물론 상수도 요원들이 다른 이들과 비교하여 그리 부족하지 않다는 사실을 모르지는 않았지만 그래도 자신과 비교를 하면 문제가 있기 때문에 가지는 생각이었다.

하지만 언제까지 혼자서 모든 일을 처리할 수는 없는 일이었기에 이번 작전은 요원들과 함께 일을 하는 중이었다.

상수와 요원들은 조용히 놈들의 건물로 잠입했다.

가장 선두에 상수가 서서 경비를 서고 있는 놈들을 침묵시켰다.

야간이 되니 몇 되지 않은 경비를 서는 놈들만 남아 있었다.

이들은 아마도 건물에 설치가 되어 있는 카메라를 믿고 있는 모양인지 경비도 상당히 허술하게 서고 있었기에 상수가 처리를 하는 것도 그리 어렵지는 않았다.

'하기는 놈들이 이렇게 공격을 당할 것이라고는 상상도 하지 못하고 있으니 이렇게 경비를 서고 있겠지.'

상수는 그렇게 생각하며 놈들에게 은밀히 접근했다.

은밀히 살펴보니 모두 여섯의 인물이 경비를 서고 있었다.

상수는 순식간에 놈들을 찾아 정리를 해버렸다.

그리고는 곧장 무전을 했다.

"놈들은 모두 정리하였으니 바로 작업을 시작해라."

—알겠습니다, 국장님.

요원들도 이미 상수가 상당한 실력을 가지고 있다는 사실을 알고 있었기에 놀라지 않고 바로 상수의 말에 본격적으로 움직이기 시작하였다.

상수는 우두머리가 있는 사무실로 들어가서는 놈들이 가지고 있는 금고를 찾았다.

"여기에 놈들의 금고가 있을 것 같은데 말이야."

상수는 사무실을 구석구석 살피고 있었다.

그런데 아무리 뒤져도 금고가 있을 만한 곳이 보이지 않았다.

내심 자신의 예상이 틀렸나 싶었다.

"음… 여기라면 놈들이 무언가 보관하려고 금고를 준비하였을 것 같은데 아닌가?"

상수는 그런 생각을 하며 조금 이상하다고 여기며 우두머리의 책상 의자에 털썩 기대어 앉았다.

"응?"

그때 책상의 바닥에서 이상한 느낌을 받게 되었다.

탁탁!

바닥에서 무언가가 느껴졌다.

"빙고! 그러면 그렇지! 그런데 바닥에 금고를 만들 것이라고는 생각지 못했네."

상수는 바닥에서 나는 소리를 듣고는 바로 금고라는 것

을 확신하게 되었다.

우익이 보관을 하고 있는 금고에는 상당한 자금과 서류들이 있었고 금고를 여는 장치도 상당히 어렵게 하였지만 상수는 그런 것에는 문제가 없었다.

바로 금고의 잠금장치가 있는 곳을 검기를 이용하여 따면 그만이었기 때문이었다.

상수가 금고를 열어 안에 있는 물건들을 모조리 들고 온 가방에 넣고 입가에 미소를 지을 때 무전이 왔다.

—국장님, 모든 준비를 마쳤습니다.

"그러면 바로 철수를 한다."

—알겠습니다, 국장님.

요원들도 경비를 서는 놈들이 정리가 되었기에 일을 최대한 빨리 처리할 수 있었다.

그래서 생각보다 금방 작업을 마치게 되었다.

폭탄을 설치하는 일이 그리 어려운 일은 아니었기 때문이었다.

물론 내일 아침에 놈들이 출근하는 시간이 터지게 타이머 장치를 한 상태였다.

아마도 놈들은 폭탄 장치는 꿈에도 모르고 사무실에 있는 금고 속 물건들이 사라진 것만을 알고 난리를 피울 것이다.

그리고 바로 상부에 보고를 하게 될 것이다.

물론 폭탄은 그 시간에 터지게 되겠지만 말이다.

상수는 가방을 들고 철수해 새롭게 만든 거점으로 갔다.

호텔은 너무 눈에 뜨여서 요원들이 이번 작전을 위해 구한 곳이라 상수도 움직이는 데 부담이 없었다.

이제 상수는 얼굴이 꽤 알려진 상태라 이런 작전을 할 때에는 은밀하게 움직여야 했다.

거점으로 복귀 후, 상수는 이곳에서 충분하게 휴식을 취하며 놈들의 반응을 기다렸다.

"흐흐, 내가 그 꼴을 봐야 하는데……."

* * *

이튿날.

극우의 거점에서는 상수의 예상대로 난리가 나고 있었다.

"아니, 이게 무슨 일인가!"

아침에 사무실에 출근한 직원들은 깜짝 놀랐다.

경비를 서고 있던 직원들이 모두 기절해 있었고, 사무실의 금고까지 털린 것이다.

"빨리 어떻게 된 일인지 카메라부터 살펴!"

지부장이 보안 책임자로 보이는 직원에게 소리부터 질렀다.

"그게… 카메라에는 흔적이 없습니다……."

"뭐라고! 이 난리가 나고 금고까지 털렸는데 어떻게 보안카메라에는 아무것도 잡히지가 않았다는 말이냐!"

"……."

대답하는 직원도 할 말이 없었다.

이들의 사무실에 있는 보안 장비는 정부에서도 쉽게 사용하지 못하는 말 그대로 최첨단 장비였다.

때문에 이곳에서 경비를 서는 사람이 6명밖에 안 됐던 것은 경비원이 중요한 게 아니라 첨단 보안 경비를 철석같이 믿고 있었기 때문이다.

"벙어리처럼 가만히 있지 말고 원인을 말하란 말이야!"

하지만 고개를 숙인 직원은 아직도 이런 사고를 당한 것을 이해하지 못하고 있었다.

아무런 흔적도 없었기 때문이다.

"흔적도 보이지 않는 게… 아무래도 전문가의……."

"전문가는 무슨! 어서 원인을 파악하고 어떤 놈들 짓인지 당장 잡아와!"

윽박지르는 상관이 야속했지만 직원은 할 말이 없었다.

"…기절한 이들에게 어제의 상황에 대한 조사를 하고 있으니 조금만 기다려 주십시오. 그럼 어떤 흔적이 나올 겁니다."

"지금 기다리라는 말이 나와! 당장 찾아내! 금고 속 서류들이 모조리 사라졌다! 이번 일로 우리 지부에 있는 이들은 모두 죽을 수도 있다는 말이다. 무슨 소리인지 알겠나?"

이들이 있는 비밀 거점은 지부들 중에 하나였고 지부장을 맡고 있는 남자는 이번에 승진을 기다리고 있었다. 한데 오늘 즐거운 마음으로 출근을 했다가 이런 사고가 발생한 것을 알고는 이렇게 난리를 치고 있는 중이었다.

상부에 보고를 어찌해야 할지가 남자에게는 지금 상당히 난감한 상황이었다.

아니, 난감한 정도가 아니라 제대로 해결하지 못하면 엄청난 타격을 받을 것이다.

극우의 지부가 이런 공격을 받은 경우는 이번이 처음이었기에 이들은 아직도 혼란을 수습하지 못하고 있는 것이기도 했다.

"지부장님, 우선 남아 있는 컴퓨터로 은행에 있는 자금을 먼저 파악하는 것이 좋겠습니다."

지부장의 앞에는 보안 책임자 외에도 두 남자가 더 있

었는데 지금 말을 하는 인물이 자금을 책임지고 있는 자고, 남은 이는 바로 정보를 취급하는 인물이었다.

보안 책임자를 포함한 세 사람이 지부장의 지시를 받아 일을 처리하는 핵심적인 인물들이었다.

지부장은 자금 담당자의 그 말에 얼굴이 창백해지며 바로 지시를 내렸다.

"이시로! 지금 당장 은행을 확인하고 보고를 해라. 그리고 정보부는 이번에 사라진 정보들에 대한 조사를 하고 어떤 놈들인지 파악부터 하도록. 보안 책임자는 이번 일에 대한 조사를 철저하게 해야 할 것이니 외부에 나가 있는 이들을 모조리 회사로 오도록 해라. 지금 상황은 특급이다."

"네, 알겠습니다!"

세 사람은 동시에 대답하고는 지부장의 지시대로 최대한 빠르게 움직이기 시작했다.

남자들이 나가고 나자 지부장은 한숨을 쉬었다.

"휴우, 이거를 어디서부터 어떻게 보고를 해야 하나?"

지부장은 지금의 사태를 보고하게 되면 아마도 자신은 더 이상은 이 자리를 지키기 힘들 것이라고 생각을 하였다.

하지만 그렇다고 보고를 하지 않을 수는 없는 일이었다.

사태가 자신의 선에서 마무리할 수 있는 범위를 벗어나 버렸다.

게다가 이미 지부 전체에 알려져 있어 만약 자신이 보고하지 않더라도 지부에 있는 누군가가 상부에 보고할 것이다.

만약에 지부장에 보고를 하지 않았는데 상부에서 먼저 상황을 알게 되었을 경우에는 바로 그 지부장은 책임을 지게 되기 때문에 보고를 누락시킬 수는 없는 일이었다.

* * *

상수는 자고 일어나서 가장 먼저 어제 자신이 털어온 것들을 확인하고 있었다.

물론 하드를 가지고 와서 가장 먼저 요원들 중에 해킹에 해박한 지식을 가지고 있는 이에게 은행계좌가 있으면 확인을 해서 자금을 다른 곳으로 이체하라는 지시를 하였다.

이는 지부장의 하드에서 비밀번호에 대한 힌트를 얻었기에 가능한 일이었다.

상수가 일어나고 조금 시간이 지나자 누군가가 노크를 하였다.

똑똑.

"들어와요."

문이 열리면서 한 명의 요원이 들어왔다.

"잘 주무셨습니까? 국장님."

"예, 아주 잘 잤습니다. 일이 잘 처리돼서 그런지 몸이 개운하네요."

"다 국장님 덕분입니다. 어제 지시를 하신 계좌에 대해 보고를 드리겠습니다. 다행히도 어제 받은 하드에 있는 계좌에서 자금을 뺄 수가 있었습니다."

어제 입수한 하드에는 상당한 금액이 들어 있는 계좌 정보가 있었는데 일본 은행이 아니라 해외에 있는 은행이었다.

그리고 하드에는 비밀번호에 대한 힌트도 있었기에 요원들 중에 한 명이 비밀번호를 알아냈고 바로 계좌의 자금을 이체하였다는 보고였다.

물론 추적을 피하기 위해 자금은 모두 러시아에 있는 계좌로 입금하였다.

상수가 알려준 러시아의 계좌는 바로 레드 마피아의 계좌였기에 절대로 파악할 수가 없는 계좌였다.

전 세계에서 러시아 마피아와 전쟁을 하려고 하는 곳은 없었기 때문이다.

"수고했습니다. 놈들의 자금이 사라졌으니 우두머리들이 그냥 있지는 않을 겁니다."

"그 부분은 걱정하지 마십시오. 이번 일로 저들의 모이게 되면 절대 놓치는 일이 없을 겁니다."

상수가 노리는 것이 바로 이 부분이었다.

상대의 대가리가 누구인지를 모르면 상대를 할 수가 없기 때문에 이런 일을 벌인 것이다.

본격적인 싸움을 하기에 앞서 가장 먼저 놈들의 대가리를 파악하려고 하였다.

그렇지 않으면 힘들게 놈들을 박살을 내도 나중에는 다시 생길 수가 있었기 때문에 처음부터 확실하게 정리를 하려고 하였다.

"놈들이 연락을 받으면 오늘 바로 회합할 수도 있으니 한시라도 감시에 눈을 떼서는 안 됩니다."

"예, 저희도 그럴 것이라 생각하고 만반의 준비를 하고 있습니다."

그렇게 상수가 요원과 대화를 하는 순간.

우익의 지부에서는 강렬한 폭발음이 터지고 있었다.

꽈르르꽝!

우르르.

강력한 폭발에 건물이 통째로 무너지고 있었고 그 안에

서는 비명이 난무하고 있었다.

워낙 강한 폭발로 인해 건물 안에 있는 사람들은 대피를 하지 못하고 모두 몰살을 당하는 끔찍한 상황이 되고 말았다.

건물의 폭발에 대한 보고는 바로 우익의 한 인물에게 보고가 되었고 보고를 받은 남자는 인상을 쓰면서도 바로 여기저기 전화를 걸어 보도가 되지 않게 손을 쓰고 있었다.

지부에서 도난에 대한 보고가 가고 얼마 지나지 않아 건물이 폭발되었지만 이상하게도 폭발에 대한 보도가 통제가 되었는지 매스컴에서는 떠들지를 않고 있었다.

상수는 우익의 놈들이 그만큼 강한 권력을 가지고 있다고 판단이 들었고 그런 놈들이니 아직도 제국주의에 빠져 있다는 생각이 들었다.

"건물이 통째로 폭발하였는데 이를 바로 통제하고 있으니 대체 일본 우익은 얼마나 강한 힘을 가지고 있는 거야?"

상수는 일본의 우익이 생각 이상으로 강한 권력을 가지고 있다는 생각이 들었다.

"이놈들……."

몰랐으면 모를까, 이번에 놈들을 확실하게 정리를 해야겠다는 생각이 더욱 강하게 들게 되었다.

그만큼 위험한 놈들이었다.

게다가 이런 놈들은 살아 있으면 자신에게 도움이 되지 않을 것이라는 생각이 들어서 강하게 놈들을 징치할 생각을 하게 되었다.

상수가 그러고 있을 때 우익의 비밀 거점에서는 은밀한 회동이 있었다.

이는 바로 상수에게 보고가 되고 있었다.

"국장님, 놈들이 드디어 움직이기 시작했습니다."

"놈들의 정체를 확실하게, 그리고 모두 파악해 주세요. 저런 놈들은 절대 그냥 두어서는 안 되니 말입니다."

"예, 알겠습니다. 거리를 두고 살피고 있으니 놈들은 저희에 대해서는 모를 겁니다."

"최대한 조심해야 합니다. 조금의 실수가 큰 위험으로 다가올 수도 있으니 말입니다."

상수는 요원들의 방심을 경고했다.

사실 이번 작전도 상수가 경비 처리 등 어려운 부분을 도맡아서 쉽게 성공했지, 요원들에게만 맡겼으면 쉽지 않았을 것이다.

그래서 이렇게 다시 한 번 주의를 주고 있었다.

그만큼 이번 일은 중요했다.

우익에 속해 있는 이들에 대한 정보만 정확하다면 그다

음은 그리 문제가 되지 않았다.

그렇기에 상수는 이번 작전에 최대한 은밀하게 움직이라는 지시를 내렸다.

제5장 일본 우익의 몰락

UNION BANK

꽝!

"도대체 이게 무슨 꼴이오? 감히 우리 지부를 저렇게 만든 놈들이 있다는 것을 아무도 모르고 있었다는 게 말이 된다고 생각하시오?"

우익의 실질적인 수장인 60대의 노인이 간부들을 보고 고함을 지르고 있었다.

수장의 호통에 다른 이들은 대답을 하지 못하고 고개를 숙이고 있었다.

이들도 지부가 그렇게 박살이 날 것이라고는 상상도 하

지 못했기 때문에 지금 상당히 혼란스러워하고 있었다.

그나마 일본이 아닌 다른 나라에서 벌어진 일이라면 이해를 하겠지만 다름 아닌 자국 내에서 벌어진 일이다.

그들로서는 상상도 없는 일이 벌어진 것이다.

"놈들에 대한 조사를 하고 있으니 조만간에 단서를 발견하게 될 것입니다."

"그 말에 책임을 져야 할 것이네."

수장의 차가운 목소리에 남자는 눈빛이 흔들렸다.

수장이 저렇게 말을 할 때는 반드시 피를 본다는 사실을 알고 있었기 때문이었다.

"네! 반드시 놈들에 대해 알아내겠습니다."

남자는 입술을 깨물며 대답을 했다.

지금 이 상태에서 힘들다는 말을 할 수는 없었다.

"그동안 우리가 너무 안일했어……."

수장은 남자의 대답을 듣고는 혼잣말을 중얼거리며 눈길을 다른 간부들에게 돌렸다.

간부들은 그런 수장의 눈길을 피하고 있었다.

이들은 수장이 얼마나 지독한 인간인지를 잘 알고 있었다.

때문에 지금의 눈길이 무엇을 의미하는지를 알았다.

"그러니… 이런 사고가 발생했다는 생각이 드는데… 모

두 어찌 생각하시오?"

수장의 말에 간부들은 등에 식은땀이 흘렀다.

여기서 조금만 방심하면 바로 목숨이 걸려 있었다.

"절대 그런 일은 없다고 생각합니다. 수장님."

"그렇습니다. 절대 그런 일은 없습니다. 수장님."

간부들이 질겁하는 안색을 하며 이구동성으로 대답을 하고 있었다.

그런 간부들을 보는 수장의 눈빛이 다시 차가워지고 있었다.

"그런데… 어떻게 이런 일이 생기는 것이오?"

수장은 다시 호통을 쳤다.

수장이 이러는 이유는 지금 간부들에게 경고를 주기 위함이었다.

그리고 자신의 말은 빈말이 아니었다.

조직은 일본의 패전 후 지금까지 치열하게 조직을 키웠다.

그런데 근래 들어 대적할 적이 없어지고 자리를 잡아가자 나태해진 것이다.

만약 예전 같았으면 이런 일은 꿈도 꾸지 못할 터였다.

해서 지금까지의 나태한 마음을 모두 버리고 다시 정신을 차리라는 의미에서 경고를 주는 것이었다.

어차피 사고는 벌어졌다.

범인을 잡는 것, 그리고 그 범인에게 피의 복수를 하는 것에는 아무런 의심도 하지 않았다.

조직의 힘을 믿기 때문이다.

하지만 다시 이런 일이 생기지 않게 하려면 지금과는 달라져야 한다는 생각이 들어서였다.

"앞으로는 절대 이런 일이 생기지 않도록 하겠습니다. 수장님."

간부들이 그렇게 말을 하자 수장도 조금은 화가 누그러졌는지 안색이 조금은 좋아졌다.

"좋소. 이번 사건을 타산지석으로 삼도록 하시오. 그만 회의를 마치도록 하겠소. 각자 돌아가서 맞은 지부에 대해 최선을 다해주기 바라오."

"예, 수장님."

간부들은 수장이 나가고 없자 크게 숨을 몰아쉬고 있었다.

이들은 생각지도 못한 사고로 인해 수장이 화가 단단히 났다고 생각이 들었다.

"아니, 어떤 놈들이 이런 짓을 한 거야?"

"간이 커도 보통이 아닌 놈들인 것 같습니다."

"휴우, 그래도 오늘 이렇게 마친 것이 다행이라고 생각해야 합니다. 잘못했다가는 그날로 목숨이 날아갈 수가 있으니 말입니다."

남자의 말에 다른 간부들도 눈빛이 불안하게 흔들렸다.

이들은 수장이라는 인물이 얼마나 냉정하고 잔인한 인간인지를 잘 알고 있다.

간부들은 불안한 눈빛을 하며 돌아가고 있었지만 이들은 자신들을 감시하는 미지의 눈길이 있다는 사실은 꿈에도 모르고 있었다.

* * *

"국장님! 드디어 놈들에 대한 정보를 얻었습니다."

상수는 우익에 대한 자료를 받으면서 급하게 그 안의 내용을 보았다.

그동안 우익에 포함이 되어 있는 세력들이 어느 곳인지 정확하게 알지 못해 대응하기가 힘들었다. 막말로 누가 누군지를 몰랐었던 것이다.

하지만 이제는 확실하게 놈들에 대한 정보를 받아 보고 있었다.

"흠……."

상수는 우익에 대한 자료를 받아보면서 깜짝 놀라지 않

을 수가 없었다.

“아니, 이 사람은… 최고위직에 속해 있는 이들이 우익에 속해 있는 자들입니까?”

“예, 저희도 이번에 처음 알게 되었습니다.”

우익이라는 단체의 뿌리가 아주 깊다는 것은 알고 있었다.

하지만 그 구성원들이 이 정도로 상당한 권력을 가지고 있을 줄은 오늘 처음 알게 되었다.

정치인뿐만 아니라 경제계, 언론계, 그리고 정보부와 경찰에도 상당한 인물들이 고위직에 속해 있었다.

그러니 그렇게 소문이 나지 않게 할 수가 있었겠지만 말이다.

물론 국익을 위해 폭발에 대한 사전 차단을 할 수는 있지만 지금 상수가 보기에는 그런 것이 아니라 이들은 자신들이 당하고 있다는 사실 자체를 은폐하려고 하는 것으로 보였다.

그만큼 우익이 가지고 있는 권력이 막강하다는 말이었다.

“음, 이들 모두를 정리하기는 힘들겠죠?”

명단을 본 상수는 처음의 계획을 변경할 수밖에 없었다.

당초 우익의 고위급이라면 모두 제거할 생각을 가지고 있었던 것이다.

하지만 상수가 지금 보고 있는 자료에 의하면 이들을 죽이게 되면 우익이 아니라 일본 전체가 난리가 나게 생겼기 때문이었다.

물론 그렇다고 죽이는 것이 부담이 되는 것은 아니었지만 그래도 곤란해질 수가 있는 것은 사실이었다.

상수가 실력은 있지만 그렇다고 완전한 것은 아니었기 때문이다.

"놈들에게 치명적인 타격을 주려면 여기에 있는 이들을 모두 제거하는 것이 좋겠지만 그렇게 했다가는 아마도 일본 전체가 난리가 날 겁니다. 그러니 가장 좋은 방법은 놈들의 수장과 그를 추종하는 주요 인물들을 파악해서 이들만 제거하는 것이 좋을 듯합니다, 국장님."

요원들은 우익 세력에게 효율적으로 타격을 주는 방법에 대해 많은 생각을 하였는지 가장 좋은 방법을 이야기하고 있었다.

상수 역시 요원의 말을 들으면서 내심 여러 가지를 생각하고 있었다.

자신이 계속 일본에 있을 수는 없었기에 최대한 빠르게 일을 처리하려면 요원들이 이야기한 대로 수장과 그를 따르는 이들만을 제거하고 돌아가는 것이 가장 좋은 방법이기는 했다.

하지만 무언가 찜찜한 기분이 들었다.

그래서 자신이 무언가 놓치고 있는 것은 없는지 생각에 빠지게 되었다.

'음, 놈들의 수장과 그를 따르는 놈들을 제거한다고 과연 우익이 무너지게 될까?'

상수가 생각하기에는 절대 그런 일은 없을 것이라는 생각이 들었다.

자신들의 이득을 위해 타인을 억압하는 자들이 수장과 그를 따르는 몇몇 놈이 사라졌다고 자제하지는 않을 것이라는 생각이 들어서였다.

하지만 그렇다고 자신이 이들을 모두 제거할 수는 없는 일이었다.

때문에 상수가 이렇게 고민을 하는 것이다.

상수가 심각한 얼굴을 하고 있는 것에 요원들은 그런 상수를 보며 아무런 말을 하지 않고 있었다.

이들은 지금 상수가 어떤 결정을 할지는 모르지만 상수가 내리는 결정으로 인해 목숨을 걸어야 할지도 모르기 때문이다.

한참을 그렇게 고민하던 상수는 자신을 보고 있는 눈길

을 느끼고는 주변에 있는 요원들을 보았다.

요원들은 잔득 긴장한 얼굴을 하고 상수를 보고 있었다.

그런 요원들을 보고는 상수는 피식 웃고 말았다.

자신이 지금 고민을 하지 않아도 되는 일에 고민을 하고 있다는 사실을 알게 되었다.

'하하하, 세상에 존재하는 악을 모두 없애는 것도 아닌데 나는 왜 그렇게 생각을 하고 있는 거야? 어차피 저들이 모두 사라진다고 해도 새로운 놈들이 또 등장을 하게 되는 것을 말이다.'

상수는 요원들이 긴장을 하고 있는 모습을 보고는 자신 때문에 이들이 고생을 한다는 생각이 들었다.

"모두 긴장 풀고 이번 작전은 수장과 그를 따르는 놈들만 제거를 하는 것으로 하지요. 이에 대한 작전을 철저하게 준비를 해주세요."

상수의 지시에 요원들은 바로 긴장을 풀며 힘차게 대답을 하였다.

"알겠습니다, 국장님."

요원들도 이번 지시에 아주 만족하였는지 얼굴이 대번에 달라지고 있었다.

"그리고 그와는 별도로 이번 공사에 개입하고 있는 놈

들은 무슨 일이 있어도 모두 제거해야 합니다."

상수는 자신이 하는 일에 개입하려는 놈들 때문에 일본으로 온 것이다.

때문에 그놈들은 무슨 일이 있어도 제거하려고 하였다.

"걱정하지 마십시오, 국장님. 이미 놈들에 대해서는 모두 파악을 해놓았습니다."

일본에서 우익에 대한 일은 그렇게 상수가 원하는 방향으로 하나하나 처리가 되었다.

상수의 실력을 알고 있는 요원들도 이번 일이 그리 어렵지 않게 처리를 할 수가 있다고 판단을 하고 있었고 말이다.

상수가 암살을 하려고 하면 누구를 막론하고 실패를 하지 않을 것이기 때문이었다.

그렇게 요원들과 상수는 우익에 대한 암살을 시작했고 그로 인해 일본의 우익들에게는 엄청난 타격을 줄 수가 있었다.

덕분에 일본의 최고위직에 속해 있는 이들 중 일부가 갑자기 사고사하는 바람에 일본이 시끄러워졌지만 말이다.

* * *

일본에서는 연일 계속되는 고위 인사들의 사망 소식으로 인해 상당히 소란스러웠지만 한국에서는 그런 일본과는 아무런 상관이 없이 평화롭게 지낼 수가 있었다.

아니, 일부에서는 일본이 천벌을 받는 거라며 좋아하는 사람도 있었다.

여하튼, 상수는 일본에서의 일을 성공적으로 마치고 한국으로 돌아왔다.

그리고는 그간 밀린 공사에 관한 본격적인 협상을 하게 되었다.

공사와 관련한 일본 측 업무는 처음부터 다시 진행되었다.

우익의 인물들이 암살을 당하면서 이번 공사에 대한 일본 측 인사들이 모두 바뀌게 되었기 때문이다.

상수는 그런 일에는 신경도 쓰지 않았고 이제 협상에 대한 전권을 리처드에게 모두 일임을 해주고 자신은 캐서린과 시간을 보내고 있었다.

리처드는 이미 상당한 능력을 가진 인물이었기에 협상을 하는 일에는 아무런 문제가 없었다.

그리고 협상의 대강은 상수가 마무리를 해두었기 때문에 문제가 생기지도 않았고 말이다.

"캐서린, 나하고 러시아에 갈까?"

"러시아에요?"

"그래, 이번에 가면 조금 시간이 걸릴지도 몰라. 그래서 캐서린과 같이 가고 싶어."

상수는 러시아로 가면 정부와 이야기를 해야 했고 이번에 공사를 할 업체들에 대한 이야기도 해야 했다.

때문에 제법 시간이 걸려서 캐서린과 함께 같으면 해서 하는 말이었다.

캐서린도 그런 상수를 보며 입가에 행복한 미소를 지어 주었다.

"그래요. 같이 가요. 언제까지 준비를 하면 되나요?"

"일주일 후에 출발할 예정이니 그렇게 알고 준비를 하면 될 거야."

"알겠어요. 그렇게 할게요."

캐서린도 이제는 한국말에 조금 탄력이 붙는지 어느 정도는 말을 알아듣고 있었다.

물론 아직 완전한 대화를 하기에는 부족하지만 천천히 대화를 하면 알아듣고 대화를 할 수는 있었다.

머리도 좋지만 그만큼 노력을 하고 있다는 이야기였다.

상수는 러시아로 갈 때 캐서린을 데리고 가려는 이유는 러시아 마피아지만 그래도 형이라고 부르는 이들에게는 소개를 해주어야겠다는 생각이 들어서였다.

그만큼 그들은 상수에게는 은인과도 같은 이들이었고 앞으로도 많은 도움을 받아야 하기 때문이었다.

상수가 그들을 이득 때문에 만나는 것은 아니지만 그래도 도움을 주겠다는 것을 거절할 이유는 없었기 때문이다.

주는 것은 다 받는다, 가 상수의 생각이다.

게다가 사실 상수는 개인적으로 해외를 다녀도 먹고사는 것에는 문제가 없을 정도로 능력은 많았지만 도움을 준 인연을 모질게 버리지는 않는 성격이었다.

그리고 이번에 상수가 러시아로 가려는 또 하나의 이유.

바로 미국의 카베인에 대한 새로운 정보가 들어왔기 때문이었다.

“국장님, 카베인에서 이번에 새로운 입찰을 하려고 한다는 정보가 들어왔습니다.”

“그래요? 어디라고 합니까?”

“카자흐스탄 옆에 있는 우즈베키스탄이라고 합니다.”

상수는 카베인의 회장과 부회장을 생각하니 기분이 그리 좋지는 않았다.

저들이 자신을 이용만 하려고 하였다는 생각이 들어서

였다.

그리고 솔직히 저들에게 제대로 한 방 먹여주고 싶다는 생각을 가지고 있어서였다.

"거기에 대한 자세한 정보를 모아서 보내주세요."

"예, 국장님."

상수는 카베인에 대한 정보를 듣고는 잘 만하면 자신이 입찰을 할 수도 있을 것 같았다.

해서 의형도 만나고, 일도 하고, 또 카베인 측에 제대로 한 방 먹일 생각에 러시아에 가려는 것이다.

물론 무조건 입찰을 많이 한다고 해서 좋은 것은 아니다.

입찰을 했지만 그 일을 제대로 성사하지 못하면 오히려 더 큰 문제가 되는 법이다.

하지만 상수의 입장에서는 그 입찰을 충분히 할 수가 있다는 자신감이 있었기에 문제는 되지 않았다.

그래서 캐서린과 같이 러시아로 가서 형님들에게 소개도 시켜주고 자신의 일도 보려고 하는 것이다.

캐서린을 소개하면 아마도 가족을 소개하는 것이기 때문에 전보다는 더욱 많은 정감을 가질 수가 있다는 생각이 들었다.

상수는 러시아 마피아와 가지게 된 인연을 아주 소중하

게 생각하고 있었고 오래도록 이어가고 싶어 했다.

*　　*　　*

일주일 후.

러시아의 공항에는 상수를 기다리는 인물이 있었다.

알렉스라고 이번에 새롭게 상수를 보좌하기 위해 준비한 인물이었다.

알렉스는 마피아 대부가 직접 고른 인물로 능력이 상당한 인재였기에 상수를 보좌하라는 지시를 받게 되었다.

"어서 오십시오. 보스."

"하하하, 알렉스 실물은 이번에 처음 보지만 그동안 화상으로 보아서 그런지 느낌이 좋네요. 여기는 제 아내가 될 캐서린입니다."

"안녕하십니까. 사모님."

알렉스는 캐서린에게 아주 정중하게 인사를 하였다.

캐서린은 상수가 아내가 될 사람이라고 소개를 하니 기분이 좋았다.

"반가워요."

캐서린이 아주 상냥하게 웃으면서 대답을 해주었다.

원래 미인인 캐서린이었기에 웃고 있으니 그 미모가 더

욱 화사하게 빛이 나고 있었다.

"사모님의 미모가 눈부셔서 감히 바라 볼 수가 없을 것 같습니다. 보스."

자기 마누라를 좋게 이야기하는데 기분이 나쁠 사람은 아무도 없었다.

상수도 마찬가지였고 말이다.

"하하하, 알렉스 여자를 보는 눈이 좋네요."

상수의 말에 알렉스는 입가에 미소를 지어주었다.

"이제 출발하시지요. 다들 기다리고 계시니 말입니다."

"그렇게 하지요. 갑시다."

상수는 그렇게 캐서린을 에스코트하며 차가 있는 곳으로 이동하였다.

제6장 다크 세븐의 도발

UNION BANK

캐서린은 상수가 러시아 마피아와 관계가 있다는 이야기를 이미 들었기에 걱정을 하지는 않았다.

그들과 형제의 연을 맺고 있다는 사실을 알고 있어서였다.

러시아 마피아의 총보스가 거주하는 저택에 도착한 상수는 캐서린과 함께 안으로 들어갔다.

안에는 많은 이가 있었지만 상수는 가장 가운데에 있는 50대 후반의 남자에게 걸어가고 있었다.

"형님, 그동안 건강하셨습니까?"

"하하하, 어서 와라. 얼굴 보기가 힘들구나."

러시아 총보스인 남자는 알렉세이 시르코프였다.

"하하하, 그래서 오지 않았습니까."

"한국에서 일을 아주 잘하고 있다는 이야기는 들었다."

상수의 말에 총보스는 반갑게 이야기했다.

"오늘은 중요한 사람을 소개해 주려고 왔습니다. 여기 제 아내가 될 캐서린이라고 합니다. 캐서린, 러시아 레드 마피아의 총보스이자 나의 형님이니 인사하세요."

캐서린은 상수의 소개에 조금 긴장을 하는 얼굴이 되었다.

일반인이 마피아 보스를 보고 놀라지 않으면 그게 더 이상할 것이다.

"아, 안녕하세요. 캐서린이라고 합니다."

캐서린은 떨리는 음성으로 힘들게 인사를 했다.

"하하하, 어서 오세요. 동생의 아내 될 분이 이렇게 미인이니 이거 영광입니다."

총보스는 캐서린이 자신을 보고 긴장을 하고 있다는 사실을 알기에 부드럽게 인사를 하였다.

그 덕분에 캐서린도 조금은 마음이 진정이 되는지 작은 미소를 지으며 화답을 하고 있었다.

상수는 그런 캐서린의 모습을 보며 미소를 지었다.

자신과 결혼을 하면 아마 이런 자리가 종종 있을 것이다.

그렇게 되면 캐서린 역시 동석하게 될 것이다.

그러니 이렇게 미리미리 안면을 익혀 적응을 하는 게 좋았다.

마피아라는 조직은 항상 목숨을 걸고 일을 하는 이들이기 때문에 언제든지 적의 습격에 대비를 해야 했다.

만약에 습격을 받게 되면 적을 죽이는 장면을 그대로 볼 수도 있을 것이다.

이렇게 익숙해져야 충격을 덜 받는다.

상수는 간단하게 인사를 마치고는 바트얀에게 갔다.

"형님, 요즘 바쁘신 모양이네요?"

"나야 항상 일이 있으니 그렇지 그런데 왜?"

"아니, 다름이 아니라 카베인 때문에 그러는데 혹시 우즈베키스탄에도 아는 이들이 좀 있나요?"

"그쪽에도 우리와 연결이 되어 있는 이들이 있기는 한데 무슨 일이야?"

"사실은 말입니다……."

상수는 카베인에 대한 이야기를 숨기지 않고 모두 이야기해 주었다.

그리고 카베인에서 이번에 상당한 금액의 공사를 입찰

하려고 하고 있다는 것과 저들에게 물을 먹이고 싶다는 이야기도 해주었다.

한참 상수의 이야기를 들은 바트얀은 크게 웃었다.

"하하하, 확실히 자네는 특이한 사람이야. 그러니까 우리가 아는 인맥을 이용해서 카베인이 입찰에서 떨어지게 해달라는 이야기지?"

"아닙니다. 그저 제가 그 입찰에 참가하게 해주었으면 하는 말입니다."

상수는 확실하게 물 먹이려면 그 입찰에 자신이 참석하여 자신이 직접 성공을 하는 것이 가장 좋다는 생각을 하고 있었다.

"하하하, 자네가 입찰에 응해서 성공하면 확실하게 놈들이 물을 먹기는 하겠네."

"하하, 그런 셈이죠."

바트얀의 말에 상수는 솔직하게 대답했다.

"좋아 그런 배짱이라면 내가 도움을 주도록 하지."

바트얀은 마피아라 그런지 복수에 대해서는 아주 철저하게 생각하는 인물이었다.

이는 약육강식의 세계에 살아가니 자연적으로 몸에 배인 하나의 습관이었다.

상대에게 약하거나 인정이 넘치는 모습을 보이게 되면

이는 바로 자신에게 손해로 돌아온다는 사실을 알기에 일을 할 때는 철저하고 냉혹하게 일을 처리하고 있었다.

"고맙습니다, 형님."

"하하하, 고맙기는 그 정도는 형으로서 해줄 수가 있는 일이잖아."

하기는 없는 것도 아니고 가지고 있는 인맥을 이용하는 것이니 그리 어려운 일은 아니었다.

게다가 상수는 자신이 입찰받을 수 있도록 사전 협의를 해달라는 것이 아니었다.

단지 입찰에 참가할 수 있게 해달라는 말이었기 때문이다.

입찰에 참가를 할 수 있게 되면 그다음은 자신이 알아서 해결을 하려고 하였다.

사람을 만나 설득을 하는 것이기는 하지만 상수에게는 충분히 그럴 자신이 있었다.

지금이 아니라 앞으로도 그런 일은 수도 없이 많았고 이제는 스스로 자리를 잡아야 한다는 생각을 가지고 있어서였다.

'언제까지 상대의 도움으로 성장할 수는 없는 일이니 이제부터는 스스로 자립을 할 수 있도록 노력을 해야겠다.'

코리아 시티라는 회사를 성장시키려면 도움이 아닌 스스로의 힘으로 키우고 싶었다.

"그래도 형님이 있어 이런 도움도 받을 수가 있으니 저에게는 고마운 일이지요."

"하하하, 고마우면 나중에 술이나 한잔 사라."

"알겠습니다. 제가 확실하게 술을 사도록 하지요."

상수가 묘한 눈빛을 하며 대답을 하자 바트얀은 기겁을 하는 얼굴을 하였다.

"아니야, 농담이야, 농담. 내 자네하고는 같이 안 마실 것이니 그리 알아."

바트얀은 그렇게 대답을 하고는 황급히 다른 곳으로 자리를 피했다.

캐서린은 그런 바트얀의 행동에 이상해서 상수를 보았다.

술을 사주겠다는 데 오히려 도망을 가니 하는 말이다.

"왜 저러시는 거예요?"

"하하하, 아무것도 아니니 신경 쓰지 않아도 돼."

"아무것도 아닌 분이 저렇게 행동을 해요? 나에게 속이지 말고 이야기를 해줘요."

상수는 캐서린이 궁금해하는 눈빛을 하며 말을 해서 전에 있었던 이야기를 해주었다.

캐서린은 상수의 이야기를 듣고는 한참 동안 웃었다.

그렇게 러시아 마피아와 시간을 보낸 상수와 캐서린은 늦은 밤 러시아에 있는 자신의 별장으로 돌아갔다.

* * *

그런 상수를 멀리서 감시를 하는 남자는 상수가 떠나는 것을 보고는 바로 보고를 하였다.

"목표물이 지금 이동을 하였습니다."

"인원은 얼마나 되나?"

"목표물과 그의 아내, 그리고 운전수입니다."

"방향은 예상대로 별장으로 가는 건가?"

"예, 지금 가는 방향을 보니 그런 것으로 보입니다."

"알겠으니 그만 철수해라."

상수를 감시하는 이들이 누구인지는 모르지만 멀리서 감시를 하는 것을 보니 이들도 아주 조심스럽게 움직이는 것으로 보였다.

그런 사실을 모르는 상수는 이제 별장에 거의 도착을 하고 있었다.

그때 반대쪽에서 오고 있던 차량이 갑자기 핸들을 돌리는 바람에 상수가 탄 차량과 정면으로 충돌을 하게 되었다.

운전수는 그런 위급한 상황이라 자신도 모르게 핸들을 돌렸다.

상수는 상대가 의도적으로 충돌하려는 것을 알고는 급히 캐서린의 몸을 안고 충돌에 대비를 하였다.

자신이야 이미 호신강기와 같은 기능을 가진 혈기가 있기에 죽지 않을 것이라는 자신감이 있었지만 캐서린은 달랐다.

상수의 몸에서는 신비로운 혈기가 주변을 차단을 하였지만 이 혈기는 상수만 볼 수가 있었다.

차량은 정면은 아니지만 그래도 핸들을 트는 바람에 강하게 뒷 트렁크가 있는 곳을 박고 말았다.

꽝!

상수는 차량의 충돌과 함께 급하게 외쳤다.

"차를 세워요."

끼이익!

상수의 외침과 동시에 운전수는 자신도 모르게 브레이크를 밟았다.

상수가 탄 차량은 급하게 서게 되었다.

상수가 타고 있는 차는 방탄차량이었기에 간단한 총기에는 보호를 받을 수가 있었다.

한데 이렇게 직접적으로 충돌하는 것은 또 달랐다.

상수는 차가 멈추자 빠르게 차에서 내리면서 상대의 차를 살피기 시작했다.

지금 자신이 보기에는 의도적으로 사고를 만들었다는 생각이 들어서였다.

상수의 예상대로 차 안에 있는 이들은 이미 충돌을 예상했는지 차는 부서졌지만 안에 탄 사람들은 아무런 이상이 없어 보였다.

그리고 저들이 품에서 총을 꺼내고 있는 것을 확인하게 되자 상수도 캐서린을 지키기 위해서 고함을 치며 그들을 공격하였다.

"고개 숙여!"

상수는 그렇게 외치고는 바로 차에서 내리는 놈을 걷어찼다.

퍼격!

"크아악!"

차에서 내리려고 하는 놈은 상수의 강력한 발차기에 그대로 가슴을 맞고는 옆으로 날아가 버렸다.

상수는 급하게 품에서 총을 꺼내 차 안에 남아 있는 놈들을 쏘았다.

탕! 탕!

탕! 탕! 탕!

일발 명중인 상수의 실력으로 차 안에 남아 있는 놈들은 모두 순식간에 상수가 쏜 총에 머리를 맞고는 죽음을 맞이하게 되었다.

상수는 놈들을 처리하고는 주변을 살폈다.

고작 차 한 대로 자신에게 오지 않았을 거라는 생각이 들어서였다.

주변을 살피고 기감까지 넓게 펼쳤지만 주변에 남아 있는 이들은 없었다.

"휴우."

그제야 안심이 되었는지 상수는 한숨을 쉬었다.

상수는 습격하려던 다섯의 인물은 그렇게 죽음을 당하게 되었다.

이들은 연락도 하지 못하고 당했다.

상수가 이들을 죽이자 운전을 하던 남자는 빠르게 어디론가 연락을 하였다.

"큰일 났습니다!"

—무슨 일인가?

"보스가 습격을 당했습니다."

—뭐라고? 누가 습격을 한 거야?

"아직 놈들에 대한 단서는 없습니다. 보스가 놈들을 모두 죽였습니다."

—지금 바로 그리로 사람을 보내겠다. 현장을 그대로 유지해라.

"예, 그렇게 하겠습니다."

운전수가 연락을 한 이는 바로 바트얀이었다.

바트얀은 상수를 생명의 은인이면서 아주 좋은 동생으로 생각하고 있었다.

그런데 러시아에서 습격을 당했다는 말을 듣자 얼굴색이 달라져 버렸다.

"감히 러시아에서 내 동생을 건드렸다는 말이지. 당장 공격대 애들을 모아 그곳으로 보내서 어떤 놈들인지를 확인해라."

바트얀의 분노에 어린 목소리에 부하들은 급하게 대답을 하였다.

"네, 바로 보내겠습니다. 보스."

* * *

얼마 후,

상수가 공격을 받은 곳으로 달려온 마피아의 조직원들은 사고 현장을 조사하기 시작했다.

죽은 이들에 대한 신원 조회를 해보니 이들은 러시아의 인물들이 아니었다.

한 가지 다행이기는 했지만 이들을 조사하면서 들어난 신분이 문제였다.

상수는 별장으로 와서 캐서린의 놀란 가슴을 달래주고 있었다.

따르릉.

걸려온 전화에 상수는 바로 전화를 받았다.

바트얀이었다.

"여보세요?"

—날세. 혹시 다크 세븐하고 좋지 않은 일이 있었는가?

상수는 바트얀이 전화를 하면서 하는 말을 듣고는 자신을 습격한 놈들이 바로 다크 세븐이라는 것을 알게 되었다.

러시아 마피아도 알고 있는 조직이었기에 숨기지 않고 저들과의 사이를 그대로 이야기를 해주었다.

한참의 이야기를 듣고 있던 바트얀은 왜 상수를 습격하였는지를 알게 되었다.

—이번에 습격을 한 놈들은 모두 다크 세븐이라는 조직에 속해 있는 놈들이네. 그런 일이 있으면 미리 이야기를 해주었어도 오늘과 같은 일이 생기지 않았을 것이 아

닌가?

바트얀은 상수가 미리 말을 해주었으면 최소한 러시아에서는 습격을 받지 않게 해줄 수가 있었다며 조금 섭섭하다는 말을 하고 있었다.

“죄송합니다. 저는 아직 저들이 아직 저에 대해서는 파악하지 못하고 있을 것이라고 생각했습니다.”

―이미 벌어진 일을 가지고 이야기를 하고 싶지는 않지만 우리를 형제라고 생각하고 있다면 앞으로는 그러지 말게.

바트얀의 말에 상수는 자신이 너무 이기적으로 생각하고 있었다는 생각이 들었다.

그리고 동시에 바트얀과 마피아의 형제들이 자신을 얼마나 생각하고 있는지를 느낄 수가 있었다.

“저로 인해 벌어진 일이니 제가 알아서 처리를 하겠습니다. 형님.”

―아니야, 내 안마당에서 우리 식구를 건드리다니. 이번 일은 놈들이 우리를 우습게 여기고 있다는 생각이 들었어. 그래서 우리 러시아에서는 놈들이 설치지 못하게 할 생각이야.

상수는 바트얀이 하는 말에 눈빛이 반짝였다.

“놈들과 전쟁을 할 생각이세요?”

—전쟁이라니, 전쟁이 아니지. 징벌일 뿐이야. 적어도 러시아에서는 우리가 최고지.

바트얀의 말대로 다른 나라라면 모르지만 러시아는 가능한 일이었다.

마피아에 속해 있는 군부의 인물들이 상당했기 때문에 이들이 연합을 하면 아무리 다크 세븐이라고 해도 러시아에서는 저들의 활동을 할 수가 없기 때문이었다.

그만큼 러시아는 마피아의 세력이 막강했다.

"아니, 저 때문에 그럴 필요는 없습니다. 형님."

—상수 자네 때문에 그러는 것이 아니야. 전부터 저들과는 그리 좋은 관계가 아니었는데 이번에 일이 생기는 바람에 이참에 확실하게 저들과 정리를 하자고 말이 나온 것이야.

상수는 러시아 마피아와 다크 세븐이 좋지 않은 관계였다는 사실을 오늘 처음 알게 되었다.

그렇다면 자신과 공동전선을 펼쳐서 놈들을 더욱 몰아세울 수도 있다는 생각이 드는 상수였다.

어차피 공생을 할 수가 없다면 이번에 확실하게 놈들을 박살을 내주어야 한다는 생각이 들어서였다.

그렇지 않으면 나중에 한국의 가족에게도 좋지 않은 일이 생길 수도 있었기 때문이다.

놈들이 가장 잘하는 일이 바로 가족을 인질로 잡는 일이었기 때문이다.

'이번에 놈들과의 관계를 확실하게 정리를 하는 것도 나쁘지 않겠네. 그렇게 해야 나도 놈들에 대해 더 이상 신경을 쓰지 않아도 되고 말이야.'

상수도 사실 놈들에게 가족이 인질이 되는 일에 대해서 은근히 신경을 쓰고 있는 중이었다.

물론 확실하게 자신이 저들의 표적이 되지는 않았다고 생각했지만 지금 보니 그렇지도 않다는 사실을 알 수가 있었다.

놈들이 미국의 정보부와 전쟁을 하게 된 일에 자신이 개입이 되었다는 사실을 모르겠지만 이미 저들에게 자신은 목표물이 되어 있었다는 생각이 들자 솔직히 마음이 그리 좋지는 않았다.

그러면서 놈들의 조직이 자신이 생각하는 이상으로 방대하다는 사실에 상수도 조금은 불안감이 들기는 했다.

혼자라면 충분히 상대를 할 수도 있지만 자신에게는 가족이 있었기 때문이다.

"아무튼 저로 인해 발생한 일에 형님과 조직이 나서 준다고 하니 마음이 든든합니다."

상수는 바트얀에게 고마움을 그렇게 표현을 하였다.

—다른 말은 하지 말고 이제부터는 어디를 가더라도 경호원을 대동하고 다녀야 할 거야, 이번에 총보스께서 직접 내리신 명령이니 말이야.

"총보스께서 지시했다구요?"

상수가 습격을 받은 사실을 보고받자마자 바트얀은 바로 총보스에게 보고를 하였다. 그에 총보스는 노발대발을 하며 바로 경호원을 투입하라는 지시를 내렸다.

물론 다크 세븐을 모조리 없애라는 지시도 함께였다.

러시아 마피아는 자신들이 있는 구역에서 다른 놈들이 설치는 것을 절대 그냥 두지를 않는 성격이었다.

그런 문제는 전 마피아가 공동으로 대응을 하기 때문에 앞으로는 다크 세븐이 러시아에서는 어떠한 행동도 하지 못하게 되었다.

저들도 마피아와 전쟁을 하고 싶지는 않을 것이니 말이다.

'놈들이 정부의 조직들과 전쟁은 해도 마피아와는 전쟁을 피하고 싶겠지.'

마피아가 얼마나 독한지를 알고 있는 놈들이니 상수는 그렇게 생각을 하고 있었다.

상수는 바트얀과 통화를 마치고 바로 캐서린에게 갔다.

아직도 불안해하는 캐서린을 달래 주기 위해서였다.

"캐서린 지금은 어때?"

"아직은 마음이 떨려요."

캐서린도 태어나서 이런 경우는 처음 당해 보았고 무엇보다도 아직은 여린 여자였다.

그런 캐서린이 감당하기에는 상수가 하고 있는 일들은 너무도 엄청난 일들이었다.

지금까지는 그저 상수를 사랑하는 마음으로 함께했었다.

하지만 암살 시도를 겪고 또 상수가 아무렇지도 않게 사람을 죽이는 장면도 봤다.

놀란 가슴을 달래고는 있지만 캐서린은 문뜩 자신이 저런 남자와 함께 일생을 같이할 수 있을까라는 의문이 들고 있었다.

'상수 씨와 같이 살려면 앞으로도 이런 일들이 자주 일어난다고 보아야 하는데 과연 내가 그런 일을 모두 감당할 수가 있을까? 아니면 지금이라도 그냥 포기를 해야 하나?'

캐서린은 그런 갈등을 느끼고 있었지만 상수에게는 당장 말을 하지 않고 있었다.

하지만 상수는 그런 캐서린의 눈동자만 보아도 지금 마음이 몹시 흔들리고 있다는 사실을 짐작할 수가 있었다.

어느 여자가 살인을 하는 남자와 평생을 같이하고 싶겠는가 말이다.

그리고 이번이 마지막이 아니라 앞으로도 그런 일이 자주 생길지도 모르는 상황이었으니 말이다.

하기는 상수가 하는 일이 목숨을 걸고 하는 것은 사실이었다.

하지만 상수가 가지고 있는 능력을 모르는 사람으로는 절대적으로 이해가 불가능한 것도 사실이었다.

아니, 상수의 능력을 말해주어도 믿을 수나 있을지 의심스럽기도 했고 말이다.

"캐서린, 지금은 마음이 불안하겠지만 당분간 시간을 가지고 마음을 다스리면 좋아질 거예요."

상수의 따스한 눈빛과 말에 캐서린도 조금은 마음이 안정감을 찾고 있었다.

오늘 있었던 일로 인해 갑자기 사랑하던 마음이 사라지는 것은 아니었기에 그런 남자의 따스한 눈빛과 말을 들으니 잠시 들었던 고민도 흔적 없이 사라지고 있었다.

'내가 미쳤어, 이런 상수 씨를 앞에 두고 그런 생각을 하다니…….'

캐서린은 잠시지만 자신이 못난 생각을 하였다는 것을 반성하며 미안한 눈빛을 하며 상수를 보았다.

"그렇게 할게요. 오늘 사실 너무 놀라서 마음이 아직 안정을 찾지 못했어요."

"그렇게 해요. 우선 쉬면서 마음을 다스려 보세요. 이야기는 나중에 하면 되니 말이에요."

상수는 자신에 대한 이야기는 나중에 시간을 두고 하려고 하였다.

오기 전에 일부는 이야기를 해주었지만 아직도 하지 못한 이야기가 많았다.

해서 어느 정도는 캐서린이 이해를 할 수가 있게 말을 하려고 하였다.

적어도 자신의 아내가 될 캐서린에게만은 속이고 싶은 생각이 없어서였다.

물론 자신의 능력에 대해서는 캐서린에게도 비밀로 하려고 하였겠지만 말이다.

그 외에 대해서는 거의 대부분을 말할 생각이다.

자신의 비밀스러운 힘은 아무도 몰라야 한다는 것이 상수의 생각이었다.

그런 힘이 있다는 사실이 알려지게 되면 결코 좋은 일이 생기지 않을 것을 상수는 알고 있었다.

두 사람은 그렇게 서로는 챙기는 모습을 보였고 상수는 캐서린이 쉴 수 있게 침실로 안내를 해주었다.

"그럼, 푹 쉬어요. 자고 나면 조금 마음이 안정이 될 거에요."

"알았어요. 당신도 쉬세요."

상수는 캐서린이 잠을 자게 해주고는 다시 거실로 갔다.

제7장 카베인과의 입찰 경쟁

UNION BANK

상수는 보드카를 따라 마시며 앞으로의 일에 대한 생각을 하고 있었다.

자신이 다크 세븐과 전쟁을 하게 되면 확실하게 놈들을 박살을 내야 한다.

한데 아직도 놈들에 대한 정보가 부족하였기 때문에 마음이 편하지가 않았다.

놈들은 전 세계에 그 지부를 두고 움직이고 있어서 저들의 정보를 모으는 일도 만만치가 않아서였다.

"휴우, 이제부터는 본격적으로 놈들과 전쟁을 하게 될

것 같은데 한국의 가족에 대한 경호를 더욱 신경을 써야겠다. 그거는 그거고 나를 공격했으니 놈들에 대한 보복을 해야겠는데 우선은 정보를 좀 얻어야겠군. 이놈들 감히 나를 건드렸으니 어떤 결과가 기다리고 있는지 이번에 확실하게 알려주마."

상수는 이를 갈며 놈들에게 확실하게 보복을 할 생각을 하고 있었다.

카베인에 대한 일도 있었지만 이는 바트얀의 인맥을 이용하여 처리를 하면 되기 때문에 우선은 다크 세븐의 조직부터 처리를 하려고 하였다.

상수가 그러는 이유는 캐서린과 여행을 왔는데 놈들이 습격을 하여 캐서린의 마음을 흔들었기 때문에 그냥 넘어가고 싶지가 않았다.

상수는 요원들에게 연락을 하였다.

"다크 세븐에 대한 정보는 어떻게 되었나요?"

"지금도 놈들에 대한 정보를 모으고 있습니다. 하지만 놈들의 본부에 대한 정보는 아직도 없습니다."

"혹시 놈들의 본부가 없는 것이 아닐까요? 그렇지 않으면 이렇게까지 찾지 못할 수는 없는데 말이지요."

상수의 말대로 전 세계를 뒤지고 있는데 아직도 놈들에 대한 정보가 없다는 것은 그럴 가능성도 있다는 이야기였다.

"우선은 전 세계에 있는 놈들의 지부를 먼저 알아보면서 더욱 세밀하게 조사를 해보겠습니다, 국장님."

"그러면 놈들에 대해 조사를 한 내용을 지금 바로 보내세요. 놈들에게 확실하게 응징을 할 필요가 있으니 말이에요."

이들도 상수가 놈들에게 습격을 받았다는 이야기를 들었는지 바로 대답을 하였다.

"알겠습니다. 바로 보내드리겠습니다."

상수는 다크 세븐의 지부에 대해 어떻게 응징을 할지를 고민하였다.

가장 좋은 방법은 놈들의 지부를 직접 박살을 내는 것도 하나의 방법이었다.

하지만 문제는 그렇게 하면 놈들이 다시 수면 아래로 숨어들 수도 있다는 부분이 마음에 걸렸기에 상수가 고민을 하는 것이다.

상수는 우선 캐서린을 데리고 다닐 수가 없었기 때문에 캐서린을 먼저 보호할 수가 있는 장소를 생각해 보았다.

그러다 지금 자신이 있는 별장이 가장 안전하다는 생각이 들었다.

"형님이 보내는 경호원들이 도착하면 다른 곳에 있는

것보다는 여기가 가장 안전한 장소이기는 하겠네."

상수가 생각하기로는 가장 안전한 장소라고 판단이 들었다.

이제는 한국에 남아 있는 가족에게 대한 경호만 생각하면 되겠다는 생각이 들었다.

우선 놈들과 전쟁을 하려면 가족의 안전이 우선이었기에 상수는 가장 먼저 가족에 대한 안전부터 방법을 찾게 되었다.

그렇지 않으면 자신 때문에 가족이 위험에 처할 수가 있었다.

상수는 그런 가족에 대한 경호에 대해 철저하게 준비를 하려고 하였다.

한국에서는 지금도 경호를 하고 있지만 솔직히 놈들을 보니 조금은 미흡하다는 생각이 드는 상수였다.

"한국에서는 총기를 사용할 수가 없지만 그래도 모르는 일이니 경호원들에게도 최소한 안전을 책임질 무기 정도는 있어야겠지?"

상수는 총기는 아니라도 가스총 같은 그런 경호 무기를 공급해서 보호를 하려고 하고 있었다.

하지만 이번 사태를 겪고 나니 이것만으로는 부족하다고 생각이 들었다.

그래서 형님에게 부탁을 하여 러시아에서 실력이 좋은 이들을 보내 놈들이 총기를 사용할 때를 대비하려고 하였다.

그렇게 하면 가족이 다치는 일은 없을 것이라는 생각이 들어서였다.

상수가 그러고 있을 때 놈들에 대한 자료가 도착을 하였다.

똑똑.

"들어와요."

문이 열리면서 안으로 들어오는 이는 바로 운전수였다.

"보스 야메스라는 인물이 찾아왔습니다. 그리고 지금 경호원들이 도착을 한다고 합니다."

"야메스는 지금 들어오라 하고 경호원들이 도착을 하면 바로 거처를 안내해 주고 나중에 자리를 만들어줘요."

"알겠습니다. 보스."

상수의 지시에 야메스가 바로 안으로 들어오면서 정중하게 인사를 했다.

"처음 뵙겠습니다. 러시아에서 근무하는 야메스라고 합니다."

"반갑습니다. 그래, 자료는 가지고 왔나요?"

상수의 말에 야메스는 입가에 미소를 지으며 손에 들고

있는 가방을 열어 서류 봉투를 꺼냈다.

"여기 있습니다. 아직 모든 것을 조사를 하지는 못했지만 지금까지 조사한 내용은 모두 가지고 왔습니다."

상수는 야메스가 주는 서류를 보았다.

그 안에는 지부들에 대한 조사에 대한 결과들이었다. 러시아에도 놈들의 지부가 있어 상수도 놀랐다.

러시아의 지부는 놈들이 은밀하게 포장을 해두어 마피아에서도 정체를 확인하지 못했기 때문이다.

그만큼 놈들이 은밀하게 움직이고 있다는 이야기였다.

상수는 서류들을 모두 확인을 하였고 잠시 후에 서류를 다시 봉투에 넣었다.

"요원들이 확인을 한 지부가 모두 세 곳이네요?"

"최대한 노력을 하였지만 놈들이 그만큼 치밀하게 숨어 있어서 그런지 꼬리를 잡기가 쉽지 않습니다."

"하기는 전 세계가 잡으려고 하는 놈들이니 찾는 일이 쉽지는 않겠지요."

상수도 각국의 정보부가 놈들에 대해 단서를 찾으려고 하였지만 아직까지 찾지 못하고 있는 것을 생각하며 하는 말이었다.

"저희가 알아낸 정보에 의하면 놈들의 지부는 모두 다섯 군데라고 합니다. 그중에 저희가 알아낸 곳은 모두 세

곳입니다. 남은 두 곳도 얼마 지나지 않아 알아낼 수가 있을 겁니다. 아직 확인은 하지 않았지만 짐작되는 곳이 있습니다."

상수는 생각지도 않은 말에 조금은 놀란 얼굴을 하였다.

"아니, 그런 정보는 어디서 얻은 겁니까?"

"전에 잡은 지부장을 이용하여 다른 간부를 잡았는데 그자가 알고 있는 것에 제법 많았습니다. 덕분에 놈들의 지부도 찾을 수가 있었고 말입니다."

"그래요? 아직 놈들의 지부에 접근을 하지 않았겠지요?"

"예, 주변에 숨어 출입하는 이들만 확인하고 있는 중입니다."

상수는 요원에 하는 말에 다행이라는 생각이 들었다.

만약에 놈들이 지부에 조사를 하는 이들이 있다는 사실을 알게 되면 또다시 숨어들 것이기 때문이었다.

"잘했습니다. 놈들이 이상한 기척을 느끼게 되면 바로 숨어버릴지도 모르니 우선은 자연스럽게 행동을 하라고 하세요."

상수는 그렇게 말을 하면 눈빛이 사납게 변하고 있었다.

그런 상수의 눈빛에 야메스는 살짝 놀란 표정을 지었다.

"알겠습니다. 최대한 빠르게 조사를 마치도록 하겠습니다."

상수는 요원이 나가고 나자 바로 바트얀에게 전화를 걸었다.

러시아에 있는 지부는 자신이 직접 참가를 하지 않아도 마피아의 힘이라면 충분히 놈들을 소거할 수가 있다는 판단이 들어서였다.

드드드.

—경호원들이 이제 도착했는가?

바트얀은 상수의 전화에 경호원들이 도착을 해서 하는 것으로 오해를 하고 있었다.

"경호원들은 조금 있으면 도착을 한다고 연락을 받았습니다. 그리고 지금 전화를 드리는 이유는 놈들의 지부를 찾았기 때문에 연락을 드린 겁니다."

—그게 정말인가? 놈들의 지부가 어디인가?

바트얀은 감히 러시아에서 마피아의 형제를 공격한 놈들의 지부를 찾았다는 말에 기쁨과 놀람을 동시에 보였다.

"제가 바로 문자로 보내드리도록 하겠습니다. 그런데

놈들을 처리하는 일에 제가 가지 않아도 되겠습니까?"

—우리 러시아에 있는 놈들이라면 걱정을 하지 않아도 되니 자네는 위치만 알려주게. 우리 조직원들이 가서 아주 벌집을 만들어 주겠네.

"알겠습니다. 바로 보내드리도록 하겠습니다."

상수는 전화를 마치고는 바로 바트얀에게 놈들의 위치를 아주 상세하게 보내주었다.

러시아의 마피아들은 보복에 대해서는 아주 철저하고 잔인하기로 유명한 집단이었다.

아마도 놈들에 대해서는 확실하게 처리를 할 것으로 보였다.

그리고 자신이 개입을 하지 않았으니 아마도 마피아가 단독으로 일을 한 것으로 놈들이 알게 될 것이라는 생각이 들었다.

이로써 다섯 개의 지부 중에 하나는 사라지게 될 것이니 상수는 입가에 아주 차가운 미소를 지었다.

"남은 두 개의 지부만 찾으면 그때는 아주 지옥을 구경시켜 주마. 후후후."

상수는 혼자 그렇게 중얼거리고 있었다.

상수의 문자를 받은 바트얀은 빠르게 조직의 공격조를 불렀다.

놈들의 지부가 있는 주변을 모조리 봉쇄를 하고는 지부를 공격하였다.

다크 세븐의 지부에도 무기는 있었지만 마피아가 가지고 있는 무기와는 그 성능이 달랐기에 지부는 바트얀의 말대로 정말 벌집이 되고 말았다.

그리고 마피아는 지부에 출입을 하였던 놈들이 누구인지를 철저하게 확인을 하였다.

그렇게 러시아에 있는 다크 세븐의 지부는 지구상에서 사라지고 말았다.

*　　*　　*

다크 세븐의 간부들이 있는 곳에서는 러시아 지부가 공격을 받은 것에 대한 격렬한 토의가 벌어지고 있었다.

"그것 보시오. 내가 마피아와 관계가 있으니 러시아에서는 공격을 하지 말자고 하지 않았소?"

한 40대 후반의 중후한 인상을 가진 남자가 화를 내며 말을 하고 있었다.

남자는 상수를 공격하는 것에 반대를 하였는데 그 이유가 바로 러시아 마피아 때문이었다.

마피아의 형제를 공격하면 놈들이 어떻게 보복을 하는

지를 알기에 반대를 하였다.

그런데 다른 이들이 찬성을 하는 바람에 결국은 공격을 하게 되었던 것이다.

그 덕분에 지부 하나가 통째로 사라졌기 때문에 이들로서는 손해가 이만저만이 아니었기에 화를 내고 있었다.

"그만하시오. 이미 사라진 지부를 가지고 화를 낸다고 해서 지부가 다시 생기는 것이 아니니 말이오. 우선 그것보다는 마피아에 대해서 어찌 처리를 할 것인지를 이야기해보시오."

"마피아와 지금 전쟁이라고 하자는 말이오?"

이들도 러시아 마피아가 얼마나 강력한 세력인지는 알고 있었다.

마피아와 전쟁을 하면 자신들도 승리를 하기가 어렵다는 것을 알기에 하는 말이었다.

"나도 마피아와 전쟁을 하자는 말이 아니라 마피아와 어떻게 대화를 하였으면 하는 말이오."

서로 간의 대화가 오가는 와중에 차가운 인상의 남자가 조용히 입을 열었다.

"이미 사라진 러시아 지부에 대해서는 잊는 것이 좋다는 생각이 듭니다. 하지만 러시아 지부에서 가지고 있던 자산을 찾아야 한다고 봅니다. 그러니 마피아와 좋게 해결을 보는 것이 좋겠습니다."

남자의 말에 주변에 모여 있는 이들도 같은 생각이었는지 고개를 끄덕이고 있었지만 한 남자만 아직도 불만이 가득한 눈빛을 하며 인상을 쓰고 있었다.

"조셉, 불만이 있다는 것은 알지만 지금 이 자리에서는 그만했으면 좋겠소. 우리끼리 싸운다고 해결이 되는 것이 아니지 않소. 그러니 좋은 의견이나 있으면 말해주시오. 그래야 나도 보고를 할 것이 아니겠소."

남자의 말에 조셉이라는 남자는 아직도 풀리지 않은 인상을 억지로 풀려고 하였지만 그게 그렇게 쉬운 일이 아니었다.

이미 마음이 불편한데 금방 풀어지지 않으니 얼굴에 그대로 나타나서였다.

그러자 옆에 있던 남자가 입을 열었다.

"우선은 마피아와 협상을 하려면 저들과 안면이 있는 이가 가야 하지 않겠소?"

"그러면 누가 좋겠소?"

"제가 생각하기로는 러시아 지부를 처음 만들 때 도움을 주었던 엔더슨이 가장 적합하다고 생각합니다."

지금 이 자리에는 없지만 엔더슨도 조직에서 나름 위치가 있는 인물이었다.

그리고 앤더슨이라는 이름이 호명이 되자 다른 이들도 불만이 없는지 눈빛이 빛나고 있었다.

앤더슨은 러시아 지부를 만들 때 가장 공이 많았던 인물이었고 마피아와 관계도 가장 원만한 사람이었기 때문이다.

그러니 이곳에 있는 모두가 앤더슨이 가장 알맞은 이라는 생각을 한 것이다.

모두의 표정을 보고 나서 가운데에 있던 남자가 최종적으로 결론을 내리고 있었다.

"그러면 마피아와 대화는 앤더슨이 하는 것으로 하고 그렇게 보고를 하겠소. 이의 있으면 지금 말해주시오."

다크 세븐은 연맹과 같은 조직이기도 하지만 이들이 뭉치게 만든 보스가 있어 아직 조직이 유지되고 있는 실정이었다.

단지 그 보스에 대해서는 모든 것이 비밀로 되어 있다는 것이 문제이기는 했지만 말이다.

모두가 침묵으로 긍정의 뜻을 표하자 남자는 주변을 둘러보았다.

"그러면 더 이상 의견이 없는 것으로 알고 오늘의 회의는 이만 마치겠소."

지부 하나가 사라졌지만 이미 벌어진 일이었기에 더 이

상 시끄럽게 하고 싶지가 않아서인지 아니면 다른 이유가 있어서 그런 것인지는 모르지만 다크 세븐의 간부들이 모인 회의는 그렇게 금방 마치게 되었다.

하지만 회의를 마치고 나가는 한 명의 남자는 아직도 그리 좋은 얼굴이 아니었다.

뿌드득!

'두고 보자. 내가 지금은 이렇게 당하지만 시간이 지나면 반드시 후회를 하게 만들어 주겠다.'

남자는 바로 화를 내던 조셉이었다.

조셉이 화를 내는 이유는 바로 러시아 지부에 자신의 동생이 있었기 때문이었다.

동생 때문에 상수를 공격하는 것에 격렬하게 반대를 하였다.

그러나 결국 자신의 의견은 무시를 당하게 되어 동생이 죽었으니 조셉이 좋게 생각할 수가 없게 되었다.

이렇게 다크 세븐도 내부적으로 복잡하게 일이 진행이 되고 있었지만 누구도 그런 사실을 감지한 이는 없었다.

이런 다크 세븐의 행동은 상수에게 도움을 주게 되었다.

*　　*　　*

상수는 다크 세븐의 나머지 지부를 파악할 때까지는 우선 입찰을 먼저 보려고 업무를 시작했다.

자신의 회사인 코리아 시티는 이제 러시아에서도 제법 명성이 있는 회사로 인식을 받고 있었다.

때문에 러시아 주변 국가에도 어느 정도 알려져 있었다.

그렇다 보니 마피아의 입김이 들어가긴 했지만 입찰에 참여하는 것에는 크게 문제가 없었다.

"캐서린, 이제 출발을 해야 하는데 아직 준비가 안 된 거야?"

"아니요. 지금 나가요."

캐서린은 방에서 상수의 말에 바로 대답을 했다.

잠시 후에 캐서린은 아주 화사하게 옷을 입고 나오고 있었다.

그런 캐서린을 보고 상수는 얼굴이 환해졌다.

"그렇게 입으니 다른 사람인지 알았네. 너무 아름다워, 캐서린."

상수가 아름답다는 말을 하자 캐서린도 행복한지 입가에 아주 만족한 미소가 그려지고 있었다.

사랑하는 남자를 위해 최대한 아름답게 보이려고 하였

는데 그 상대가 인정을 해주니 고생한 보람이 있어서였다.

상수와 캐서린은 그렇게 즐거운 미소를 지으며 출발을 하였다.

이번 입찰은 공개 입찰이기 때문에 시간이 걸리기는 하지만 바로 발표를 하는 방식이라 조금 일찍 가려고 하였다.

상수와 캐서린은 그렇게 입찰을 하는 장소로 이동을 하였다.

그런 상수의 주변에는 경호원들이 철저하게 경호를 하며 이동을 하였다.

이들은 바로 러시아 마피아에서도 정예들로 인정을 받는 이들로 구성이 되어 있는 자들이었다.

입찰을 하기 위해 많은 이가 모여 있었지만 상수는 다른 이들에게는 신경도 쓰지 않고 오로지 카베인에서 온 인물에게만 신경을 쓰고 있었다.

"캐서린, 저기 보이는 사람이 누구인지 알아?"

상수의 말에 캐서린은 상수가 지목한 인물을 보게 되었는데 그 사람을 보고는 조금 놀란 얼굴이 되어버렸다.

그 사람은 전 직장인 카베인의 이사였기 때문이다.

"저분은 카베인의 맥슨 이사님이잖아요?"

“맞아, 카베인에서는 내가 그만두고 다른 사업을 하는 것이 마음에 들지 않는 모양이야.”

상수의 목소리가 조금 차갑게 변하는 것에 캐서린은 충분히 무슨 말인지를 알아들었다.

실질적으로 상수가 카베인을 그만두면서 카베인에서는 많은 말이 있었기도 하고 말이다.

능력 있는 상수가 그만두었으니 카베인은 그런 상수가 날개를 펼치지 못하게 한다는 말이 있었다.

당시에는 그저 소문으로만 여겼었는데 지금 이렇게 카베인의 이사가 와 있었다.

캐서린도 둔재가 아니었기에, 아니, 똑똑하기에 지금의 상황을 금방 파악하였다.

“그러면 어떻게 하실 생각이세요? 카베인과 싸우면 승산은 있나요?”

“입찰을 하는 일은 카베인이라는 회사보다는 내가 더 유리하니 걱정하지 않아도 돼, 캐서린.”

상수의 대답에 캐서린은 안심이 되는지 어두웠던 얼굴이 다시 밝아지고 있었다.

사실 상수와 같이 일을 해보았기 때문에 상수가 얼마나 능력이 있는지 잘 안다.

하지만 카베인은 보통 회사가 아니다. 상수가 능력이

대단한 것은 알지만 그 상대가 카베인이니 걱정이 되는 것이다.

그런데 이렇게나 자신만만한 상수를 보니 뭘 믿고 있나, 싶은 생각이 들었다.

"제가 모르는 다른 일이 있는 건가요?"

상수는 캐서린의 눈빛이 호기심을 가지고 있어 사실을 알려주었다.

"캐서린, 러시아 주변에 있는 국가들은 사실 마피아와 연관이 되어 있다고 생각하면 이번 입찰에 대한 답변이 될 거야."

상수의 대답에 캐서린은 상수가 마피아에서 어떤 대접을 받고 있는지를 알기에 지금 상수가 하는 말이 무슨 뜻인지를 대강 눈치챌 수가 있었다.

결국 마피아가 연관이 되어 있으니 이번 입찰도 문제가 없다는 말이었다.

캐서린은 그런 인맥을 가지게 된 상수가 대단해 보이기는 했지만 솔직히 위험하다는 생각도 들었다.

물론 상수가 능력이 있다는 사실은 알지만 그렇다고 죽지 않는 불사신은 아니었기에 한편으로 마음이 불안감을 만들어주고 있었다.

상수는 캐서린이 내심 그런 생각을 하고 있는지를 모르

기에 가지고 온 입찰 서류를 제출하고 있었다.

그때 상수를 보고 놀라는 이들이 있었는데 바로 카베인의 인물들이었다.

"저기 좀 보십시오. 우리 회사를 퇴직한 정 이사님도 이번 입찰에 참가하는 모양입니다."

한 남자의 말에 이번 입찰의 책임자인 맥슨도 고개를 돌려 상수를 보게 되었다.

그런데 그런 맥슨의 입가에는 묘한 미소가 그려지고 있었다.

"정 이사가 이번에 새로운 회사를 차렸다고 너무 설치고 다니는 것 같은데 그동안 보여주었던 능력을 이번 입찰에도 보여줄지 모르겠네."

무언가 알 수 없는 말이었지만 모여 있는 이들은 그 말에 무언가 자신들이 모르는 거래가 있다는 것을 직감적으로 느끼고 있었다.

카베인의 인물들은 마피아의 인맥이 자신들이 생각하는 이상으로 대단하다는 것을 아직 감지하지 못하고 있는 것 같았다.

사실 오늘 입찰은 이미 바트얀의 입김으로 인해 상수에게 떨어지게 되어 있었다.

상수로서는 그냥 단순하게 입찰 참가에만 힘을 써 달라

고 했지만 마피아들은 그렇지 않다.

밀 땐 확실히!

화끈한 러시아 마피아였다.

더구나 정부가 직접 관리를 하는 입찰이었기에 그 가능성이 아주 컸다.

제8장 다크 세븐의 꼬리를 잡다

UNION BANK

"이사님 저기 특수부에 근무를 하였던 캐서린도 있군요."

"겨우 동양인 때문에 회사를 그만두고 나간 계집은 더 이상 신경을 쓰지 않아도 되네."

맥슨은 아름다운 미녀인 캐서린이 상수와 같은 동양인의 애인이 되어 있는 것에 자존심이 상한다는 얼굴을 하고 있었다.

이는 맥슨과 같이 제법 능력이 있는 백인들이 가지고 있는 우월성이었다.

이들은 자신들과 같은 백인들이 다른 인종들의 위에 서 있다고 생각하고 있어서였다.

이는 상수에 대한 질투심 때문에 더욱 그런 마음이 강하게 들기도 했고 말이다.

카베인에서 상수가 근무를 할 때 이들은 상수가 이룩한 업적은 생각지도 않고 오로지 질투에 미쳐 있었다.

"저기 맥슨 이사가 우리를 기분 나쁜 얼굴을 하며 보고 있네요."

"후후후, 캐서린 지금은 참자고. 이제 결과가 나오면 저 얼굴이 어떻게 변할지가 궁금해지니 말이야."

캐서린도 상수의 말에 고개를 끄덕이고 있었다.

상수는 이미 맥슨과 그 일행이 자신을 주시하고 있다는 사실을 알고 있었다.

다만 여기서 서로 좋지 않은 이야기를 할 필요가 없어 그냥 보고만 있었다.

물론 맥슨이 하는 이야기도 모두 듣고 있었기에 마음이 좋지는 않았다.

그렇다고 일반인을 상대로 화풀이를 하고 싶지는 않아 그냥 두었다.

솔직히 상수가 손을 쓰게 되면 저들의 목숨은 오늘을 넘기기 힘들기도 했고 말이다.

서류에 대한 심사를 마쳤는지 바로 안내 방송이 나오고 있었다.

[이번 입찰에 대한 결과가 나왔으니 입찰 참가자분들은 안으로 입장을 해주세요.]

안내 방송이 나오자 상수와 캐서린은 다정하게 팔짱을 끼고 안으로 들어가고 있었다.

모든 입찰자가 안으로 입장을 하고 약간의 시간이 지나자 이번 입찰에 대한 발표를 하게 되었다.

"우선 입찰을 참가해 주신 모든 분께 감사의 인사를 드립니다. 금번 입찰에 대한 결과를 발표하겠습니다. 이번 입찰에 합격하신 곳은 바로 러시아의 코리아 시티입니다."

입찰 발표에 상수와 캐서린은 아주 환한 미소를 지었다.

반대로 카베인의 맥슨 일행은 황당한 얼굴을 하고 말았다.

특히 맥슨의 얼굴은 더욱 일그러지고 있었는데 이는 이번 입찰에 확신을 가지고 있어서였다.

물론 그에 따른 자금도 상당히 집행이 되었고 말이다.

"축하합니다. 사장님."

"하하하, 고맙습니다."

상수를 따라온 일행은 입찰 당선에 대해 축하의 인사를 하였다.

상수의 일행이 즐거운 얼굴을 하고 있을 때였다.

맥슨은 무언가에 홀린 얼굴을 하며 혼자 중얼거리고 있었다.

"이럴 수가… 이럴 수는 없는 거야."

이번 입찰에는 반드시 자신이 성공하게 되어 있었다.

한데 결과는 자신의 예상과는 다르게 나왔기에 멍한 눈빛을 하고 있었다.

상수는 그런 맥슨 일행을 예의 주시를 하고 있었다.

맥슨은 넋이 나간 상태로 멍하니 서 있었다.

상수는 그런 맥슨의 상태를 보며 속으로 아주 고소하게 생각하고 있었다.

카베인에 아주 제대로 물을 먹였다는 생각이 들어서였다.

맥슨은 약간의 시간이 지나자 정신을 차리고는 상수를 보았다.

너무도 즐거운 얼굴을 하고 있는 것에 속에서 열불이 터질 것 같았다.

'으드득, 빌어먹을 노랭이가 무언가 수작을 부리지 않았으면 이런 결과가 나올 수가 없을 거야.'

맥슨은 이번 입찰에 상당한 공을 들였고 이번 입찰에는 자신이 반드시 따낼 것을 확신하고 있다가 실패를 하였기에 그에 대한 원인을 모두 상수에게 있다고 생각을 하게 되었다.

그로 인해 맥슨은 상수에게 좋지 않은 감정을 가지게 되었다.

하기는 이전부터 맥슨은 상수에 대한 좋은 감정을 가지고 있지는 않았었다.

단지 상수가 동양인이라는 이유만으로도 맥슨은 상당히 불쾌하게 생각하고 있었을 정도였으니 말이다.

맥슨은 능력 있는 이들은 모두 백인이어야 한다는 문제가 많은 사고방식을 가지고 있는 인물이었다.

상수는 맥슨의 눈빛이 변해가는 것을 보며 천천히 입찰장을 떠나고 있었다.

'후후후, 어떤 일이든지 상관은 없지만 그에 대한 책임은 본인이 져야겠지.'

상수는 맥슨의 눈빛을 보고는 이대로 그냥 있지는 않을 것이라는 판단이 들었다.

물론 맥슨이 어떤 행동을 해도 상수는 충분히 대응을 할 자신이 있었고 말이다.

*　　*　　*

상수는 캐서린과 함께 바로 돌아가지 않고 당분간은 조율을 할 문제가 있기 때문에 머물기로 했다.

물론 상수의 내심은 맥슨이 어떤 행동을 취하기를 바라며 기다려주는 것이지만 말이다.

상수가 3일 동안 있는 동안 맥슨의 행동을 감시하였지만 맥슨은 그대로 귀국을 하고 말았기에 상수는 그런 맥슨을 보고 허탈한 심정이 되었다.

"보스, 맥슨이라는 놈이 지금 미국으로 떠났습니다."

맥슨을 감시하고 있던 마피아 조직원의 보고였다.

"아니, 암살자라도 고용할지 알았는데 그냥 귀국을 했다고?"

상수는 맥슨의 눈빛을 보니 절대 그냥 넘어갈 놈이 아니라고 판단하였다.

아무런 행동을 하지 않고 그냥 갔다는 사실에 솔직히 조금은 화가 났다.

그놈 때문에 지금까지 시간을 주었던 것이기 때문이다.

그렇지 않았으면 벌써 자신도 떠났을 것인데 말이다.

카베인의 이사가 암살자를 고용하였다는 사실이 알려지게 되면 아마도 카베인의 입장에서는 상당한 타격을 받을 수 있는 일이었다.

그렇기 때문에 상수는 시간을 내서 기다려 주었던 것이다.

물론 결과는 이상하게 되었지만 말이다.

하지만 상수는 놈이 지금은 참고 있지만 나중에는 그렇지 않다는 생각을 하였다.

"여기서는 암살을 하였다가는 문제가 생길 수도 있으니 그냥 간 것일 거야. 하지만 내가 미국으로 가면 아마도 놈이 움직일지도 모르는 일이니 항상 대비를 해두어야겠다."

상수는 자신을 먼저 공격하지 않으면 그냥 넘어가려고 하였다.

어차피 증거도 없는 상황에서 놈에게 해를 입힐 수는 없는 일이었기 때문이다.

상수와 캐서린은 맥슨이 떠나고 나서는 바로 러시아로 귀국을 하였다.

당분간 캐서린은 러시아의 별장에서 생활을 하기로 하였는데 이는 캐서린이 위험해질 수도 있다는 판단이 들어서였다.

한국보다는 차라리 러시아가 안전을 위해서는 좋았기 때문이다.

그렇게 상수와 캐서린은 러시아로 돌아왔다.

"보스, 도착을 하시면 자신에게 연락을 달라고 하라는 바트얀 보스의 전갈이 있습니다."

"무슨 일인지는 말을 하지 않고?"

"예, 그냥 도착하시면 바로 연락을 해달라는 말만 전해 주셨습니다."

상수는 갑자기 연락을 하라는 말에 조금 궁금하기는 했지만 자신에게 해를 입히는 인물이 아니었기에 바로 수화기를 들어 연락을 하였다.

상수의 전화에 바트얀이 직접 전화를 받았다.

―지금 도착을 한 건가?

"예, 막 도착을 했습니다. 형님."

―다른 것이 아니고 다크 세븐에서 협상을 하려고 그러는지 협상자를 보냈네.

상수는 바트얀의 말에 놀란 얼굴이 되었다.

"협상자를 보냈다고요?"

―그래, 그래서 자네에게 연락을 하라고 한 것이네.

"흠……."

바트얀의 대답에 상수는 잠시 생각에 빠졌다.

다크 세븐이 협상을 하려고 하는 이유가 무엇일까를 생각하는 중이었다.

러시아의 지부 하나가 통째로 날아갔는데 놈들은 협상을 하려고 하고 있어서였다.

상수가 알기로는 절대 그럴 놈들이 아니었기 때문이다.

"놈들이 하는 이야기는 어떤 겁니까?"

—자네가 러시아에 있는 동안은 공격을 하지 않을 것이니 자신들의 재산을 돌려달라고 하고 있네.

상수가 생각하기로는 무언가 이상한 느낌을 받았다.

놈들이 가지고 있는 자금이 절대 적지 않다는 것을 알고 있는데 그런 놈들이 러시아 지부에 대한 재산을 돌려달라고 한다는 것이 이해가 가지 않아서였다.

물론 놈들이 러시아 마피아와 전쟁을 하는 것을 피한다고 한다면 이해가 조금은 가겠지만 자신이 보기에 그럴 놈들이 아니라고 판단이 들어서였다.

'혹시… 놈들이 마피아와 전쟁을 하면 곤란한 무언가가 있는 건가?'

상수는 내심 그렇게 생각이 들었지만 말은 하지 않았다.

아직 정확하지 않은 것을 말할 수는 없었기 때문이다.

"다른 이야기는 없습니까?"

—내가 알기로는 없는 것으로 아네. 그래서 자네에게 연락을 한 것이네. 자네라면 놈들이 원하는 것이 어떤 것

인지 혹시 알고 있는지 알고 싶어서 말이야.

바트얀은 상수가 자신들이 모르는 무언가가 있는지를 확인하기 위해 연락을 하였다.

"저도 자세히는 모르겠네요. 갑자기 공격을 하고는 그런 말을 하며 협상을 원하고 있으니 말입니다."

상수도 아직 짐작이 가지 않으니 대답을 해줄 수가 없었다.

—흠, 그런가? 그러면 재산 때문에 그런 말을 했다는 것인가? 아니면 우리 마피아와 전쟁을 할 여력이 없어서인가?

"저도 잘은 모르지만 놈들이 지금 미국의 정보부와 전쟁을 하고 있다고 들었습니다. 미국에 있는 놈들의 지부와 사람들도 상당히 많은 이가 부상을 입었다고 들었습니다."

—미국과 전쟁을 하고 있어서 우리 마피아와 전쟁을 할 수가 없다는 말인가?

"아직 저도 놈들에 대한 정확한 파악을 하지 못했기에 답변을 드릴 수가 없습니다. 하지만 제가 개인적으로 생각하기로는 그런 이유를 빼고는 달리 생각나는 것이 없다는 것이지요. 솔직히 실전에 경험이 많은 마피아와 전쟁을 하려면 놈들에게도 상당한 부담이 가는 것으로 보이네요."

상수도 놈들이 정보에 대해서는 아직 잘 모르기 때문에 정확한 답변을 해줄 수가 없었다.

그래도 상수가 하는 답변이 어느 정도는 현실성이 있는 말이었기에 바트얀도 고개를 끄덕이게 되었다.

—흐음, 하기는 우리 마피아와 전쟁을 하려면 놈들도 총력을 기울여야겠지.

다크 세븐이 그동안 전 세계에 한 일을 생각하면 어느 정도의 세력인지를 알게 해주었다. 저들도 자신이 몸 담고 있는 마피아와 비교를 하여도 그리 떨어지는 조직은 아니라고 판단을 하고 있었기에 가지는 생각이었다.

실질적으로 다크 세븐의 세력이 마피아의 힘보다는 더 크기도 했고 말이다.

단지 마피아는 러시아에서 전쟁을 하려고 해서 그 힘을 집중시킬 수가 있다는 것이 조금 유리하다는 것이다.

"형님, 우선 협상은 그대로 진행을 하세요. 제가 놈들에 대한 조사를 하고 있으니 정보만 알아내면 바로 놈들에 대한 전체적인 공격을 할 생각입니다."

상수의 말에 바트얀은 입가에 자신도 모르게 미소가 그려지고 있었다.

—하하하, 과연 우리 마피아의 동생이네. 놈들의 정보를 알아내면 절대 혼자 행동을 하지 말고 우리와 함께해야

하네. 이는 형으로 하는 명령이네. 알겠나?

바트얀은 상수가 혼자 독단적으로 움직이지 못하게 하려는 의도에서 하는 말이었다.

물론 상수도 마피아의 도움을 거절할 이유가 없었기에 바로 대답을 하였다.

"하하하, 걱정하지 마십시오. 놈들에 대한 정보를 알아내기만 하면 바로 이야기를 하겠습니다. 러시아 마피아의 이름을 전 세계에 알리는 것인데 그냥 넘어 갈 수는 없는 일이지요."

상수의 말대로 만약에 다크 세븐을 공격하여 승리를 하며 이는 마피아의 이름을 전 세계에 알리는 계기가 될 것이고 더욱 명성이 높아지는 길이기도 했다.

마피아는 타인들에게 공포심을 심어주는 것을 모티브로 삼고 있지만 이들도 명성을 무시하지는 않았다.

근본적으로 러시아 마피아의 권력층에 있는 인간들이 바로 군인 출신이 많아서였다.

이제는 나름 돈도 벌었기에 이들에게 필요한 것은 명성이었기 때문이다.

—암, 명성을 쌓는 일인데 절대 놓칠 수 없는 일이지 그러니 놈들에 대한 공격을 할 때는 반드시 연락을 하고 작전을 짜야 하네.

바트얀도 상수의 실력을 무시하지 않고 있었는데 이는 상수가 그만큼 대단한 실력을 가지고 있다는 사실을 알고 있어서였다.

"알겠습니다. 놈들에 대한 정보를 얻으면 반드시 형님께 연락을 드리겠습니다."

상수가 약속을 하자 바트얀은 아주 만족한 얼굴을 하였다.

그만큼 상수가 한 약속은 어기지 않는다는 것을 알고 있어서였다.

상수는 바트얀과 통화를 마치고는 입가에 자신도 모르게 훈훈한 미소를 지었다.

자신을 생각해 주는 그 마음이 상수에게는 고마움을 느끼게 해주고 있었다.

"후후후, 마피아를 이용하려고 하였는데 이제는 서로를 챙겨주는 관계 이상으로 발전해 버렸네."

상수는 자신이 마피아를 생각하는 마음이 지금은 전과는 달라지고 있다는 사실을 인정하고 있었다.

그리고 그런 자신의 변화가 이상하게 싫지가 않았다.

사람은 혼자 세상을 살아가지는 못한다. 이는 상수도 마찬가지였다.

아무리 강하다고 해도 혼자는 살기가 힘든 것이 세상이

었고 상수는 자신의 힘을 적절하게 이용할 줄 아는 지혜를 가지고 있었기에 더불어 살아가고 있었다.

"무슨 통화를 그렇게 길게 해요?"

상수가 전화를 마치는 것을 보고 캐서린이 하는 소리였다.

"아, 바트얀 형님의 안부 전화야."

"오늘은 어디 나가지 말고 집에 있기로 했잖아요?"

상수는 오늘만큼은 캐서린과 함께 있어 주기로 약속을 했었다.

그러니 혹시 상수가 나가려고 하는 것이 아닌지 하는 마음에서 하는 말이었다.

"하하하, 오늘은 세상이 무너져도 캐서린과 함께 있기로 약속을 했는데 내가 어디를 가겠어. 걱정했어?"

"네에, 오늘도 당신이 나가려고 하는지 알았어요."

캐서린은 상수가 일이 바빠 외부의 일을 보아야 한다는 사실은 알고 있지만 자신과 시간을 보내지 않는 것에 대한 불만이 들었기에 항의를 하는 것이다.

"하하하, 오늘은 무조건 함께하기로 했잖아."

상수는 캐서린의 어깨를 부드럽게 안아주며 다정한 목소리로 캐서린을 달래 주었다.

솔직히 자신이 나갈 이유도 없었고 말이다.

캐서린에게는 상수도 개인적으로 참 미안하다는 마음을 가지고 있었다.

자신 때문에 캐서린이 보이지 않는 위험에 빠져 들게 하였다는 생각이 들어서였다.

언제까지나 지켜주고 싶은 자신의 사랑이었기에 더욱 그런 것인지도 모르지만 말이다.

*　　*　　*

다크 세븐과 마피아의 협상은 순조롭게 진행됐다.

그리고 바로 서로의 조건을 들어주는 것으로 사태를 마무리하게 되었다.

이는 마피아라고 해도 타인의 재산을 무조건 가질 수가 없었기 때문이었다.

마피아는 다크 세븐의 재산을 가지는 것이 아니라 동결을 시켜 두었는데 이는 놈들이 언제인가 나타나게 하려는 의도에서였다.

덕분에 다크 세븐과 협상은 무난하게 마칠 수가 있었다.

하지만 그런 다크 세븐과 마피아를 좋지 않게 생각하는 인물이 있었다.

바로 조셉이었다.

"빌어먹을 놈들이 이제는 나를 완벽하게 배제를 하고 일을 진행하고 있네. 너희가 그렇게 한다면 나도 생각이 있지."

조셉은 그동안 다크 세븐을 위해 최선을 다했다고 생각했는데 돌아온 것이라고는 동생의 죽음과 자신도 배척이 되고 있다는 생각이 강하게 들었기에 이상한 결심을 하게 되었다.

다크 세븐에서 배척을 당하게 되면 자신은 더 이상 몸을 숨길 수도 없다는 사실을 알기에 조셉은 다크 세븐의 정보를 넘겨줄 생각을 하고 있었다.

물론 조셉이 넘기려는 곳은 자신을 빼고 다른 지부였다. 이들이 자신을 제외하고 있다는 느낌을 강하게 받고 있기에 그들이 죽고 나서 자신은 숨어 있다가 나중에 다시 활동을 하면 된다는 생각을 가지게 되어서였다.

조셉의 이런 행동은 바로 요원들에게 파악이 되었고 그의 정보는 상수도 받아 볼 수가 있게 되었다.

"이 정보를 누출시킨 놈이 다크 세븐의 간부라는 말이지요?"

"예, 아마도 그들 내부적으로 갈등이 있는 모양입니다."

"저들이 분란이 있다면 우리에게는 좋은 일이니 우선은

이 정보에 대한 조사가 급하겠네요."

"정보의 출처는 확실하게 확인을 해서 정확하다는 판단을 내렸습니다, 국장님."

상수는 놈들에 대한 정보가 확실하다는 말을 듣자 눈빛이 빛났다.

그동안 기다리고 있던 정보였기에 이번에 확실하게 놈들을 박살을 내려고 하고 있었기 때문이다.

누구든지 위험을 안고 살아가는 것을 좋아할 사람은 없었고 상수도 마찬가지의 생각을 하고 있었다.

상수는 가족에게 조금이라도 위험이 생기는 것을 바라지 않았기에 적을 사전에 죽일 생각도 가지고 있었다.

상수가 유일하게 챙기는 사람들이 바로 가족이었기 때문이다.

"수고했어요. 이번 작전은 마피아와 같이 움직일 생각이니 그리 알고 준비를 하세요."

"알겠습니다, 국장님."

요원들은 상수가 마피아와 함께 작전을 한다고 하자 조금은 얼굴이 환해졌다.

이는 부족한 인원을 보충할 방법이 없어서였다. 그 부족함을 마피아의 인물들로 채우겠다고 하니 이번 공격에 죽지 않을 확률이 그만큼 높아졌기 때문이다.

임무도 좋고, 작전도 좋지만 죽고 싶은 사람은 없었다.

상수도 요원들이 죽는 것을 바라지 않지만 그만큼 작전이 위험한 것도 사실이었기에 자신의 목숨은 스스로 챙겨야 했다.

요원이 나가고 혼자 남은 상수는 입가에 아주 차가운 미소를 지었다.

"드디어 꼬리를 잡았으니… 이제부터 기대해도 좋을 거야."

상수는 그렇게 중얼 거리며 놈들을 확실하게 정리를 하겠다는 마음을 다시 한 번 가지게 되었다.

다크 세븐만 정리를 하면 상수의 적은 없다고 보아야 했다.

물론 카베인이 있기는 하지만 카베인은 암살단이 아니라 회사였기에 청부는 할 수 있을지 몰라도 크게 걱정이 되는 곳은 아니었다.

다크 세븐은 언제라도 위험한 짓을 할 수 있는 곳이었기에 이번 기회에 확실하게 정리를 하려고 하는 것이다.

상수는 그런 생각을 하며 수화기를 들었다.

바로 바트얀에게 연락을 하려고 하는 것이다.

—무슨 일인가?

"형님, 드디어 놈들의 위치를 찾았습니다."

상수의 그 한마디는 바트얀에게 짜릿함을 주었다.

항상 죽음과 함께 생활을 하고 있는 바트얀이 요즘은 너무 한가하게 살고 있어 조금은 지루함을 느끼고 있었기 때문이다.

—자세한 이야기는 여기 와서 하는 것이 좋겠네.

“알겠습니다. 바로 출발을 하지요.”

상수는 그렇게 통화를 마치고는 바로 바트얀이 있는 곳으로 출발을 하였다.

캐서린은 별장에 있는 한은 죽지는 않을 것이라는 생각이 들어서였다.

별장에는 위험한 순간 피할 공간이 따로 마련이 되어 있어서였다.

제9장 다크 세븐, 응징하다

UNION BANK

상수는 빠르게 바트얀이 있는 곳에 도착을 하였다.

"어서 오게, 기다리고 있었네."

"이거 저보다는 형님이 더 기다리고 있다는 생각이 듭니다."

"하하하, 그렇게 보였는가?"

바트얀은 웃으면서 대답을 하지 않았다.

하지만 지금 바트얀의 얼굴을 보면 누구라도 상수와 같은 생각을 하게 될 정도로 얼굴은 홍분이 되어 있었다.

그만큼 바트얀은 지금 새로운 적을 상대한다는 것에 희

열을 느끼고 있다는 말이었다.

항상 죽음과 대면하는 삶이었는데 너무도 평화롭게 지내고 있으니 오히려 바트얀에게는 그런 생활이 불편하게 느껴졌기 때문이다.

“우선 여기 서류를 보십시오. 놈들의 지부에 관한 자료입니다.”

상수가 보여주는 자료에 의하면 다크 세븐의 조직은 전 세계에 지부를 다섯 곳을 두고 그 휘하에 많은 팀장을 두어 운영을 하고 있었다.

러시아 지부는 사라졌기에 이제 남아 있는 곳은 모두 네 곳이었다.

그들에 대한 위치가 모두 그 안에 있었다.

그리고 다크 세븐의 총본부라고 할 수 있는 곳에 대한 정보도 있었다.

이 정보는 확실하지는 않다는 내용이 첨부되어 있었다.

총본은 영국에 있는데 그 상대가 영국의 귀족이라 아직 확실하게 조사를 마치지 못했다고 나와 있었다.

바트얀은 모든 정보를 보고는 냉정해진 눈빛을 하며 상수를 보았다.

“자네에게도 다른 조직이 있다는 것을 알고 있으니 길게 이야기하지 말고 여기하고 여기는 우리가 처리를 하도록 하겠네."

"그럼 두 군데를 형님이 처리를 하고 저는 남아 있는 곳과 놈들에 총본에 대한 것을 맡도록 하겠습니다."

"그 총본이라는 곳이 아직 확실하지 않다고 하지 않았나?"

"예, 아직은 확인이 되지 않았지만 거의 근접해 있는 정보이기는 합니다. 그래서 저도 조사를 해보려고 하는 겁니다."

"흠, 그냥 지부를 모조리 없애 버리면 총본이라는 곳에서 어떤 반응이 나오지 않을까?"

바트얀은 무식하지만 지부들을 전부 없애 버리면 놈들도 어떤 반응을 보일 것이라고 생각하고 있었다.

물론 상수도 바트얀의 생각이 틀리다고 생각지는 않았다.

다만 오랜 시간 이어온 조직이기에 이번에 당하게 되면 다시 숨어버릴 수도 있다는 생각에 확실하게 정리를 하였으면 하였다.

"형님, 놈들은 오랜 시간을 음지에서 생활을 하였던 조직입니다. 그러니 조금이라도 방심을 하게 되면 막대한 피해를 입을 수도 있습니다."

상수의 말에 바트얀은 고개를 끄덕이며 인정을 할 수밖

에 없었다.

그만큼 다크 세븐에 대한 소문은 유명하였고 그만큼 놈들은 강하다는 말이었다.

마피아나 놈들이나 모두 총기를 사용하는 조직이었기에 얼마나 정예들이 싸우는지에 따라 승패가 갈라질 수 있는 전쟁이었다.

단지 이번에는 먼저 습격을 하는 것이라 조금 우위에 들 수가 있었다.

그래도 사람이 하는 일이기 때문에 상수는 최대한 피해를 줄이려고 하고 있었다.

상수가 그만큼 마피아를 생각하고 있다는 이야기였기에 바트얀은 한편으로 흐뭇한 기분이 들었다.

"동생의 말대로 방심하지 않고 최단 시간에 습격을 하도록 할 것이니 걱정하지 마라."

"제 말을 오해하지 않고 들어주어서 감사합니다. 형님."

"하하하, 나와 우리 조직을 생각해서 해주는 말인데 오해를 할 수가 있는가."

바트얀은 고대에 태어났으면 정말 전사라는 칭호를 받을 수 있는 남자라는 생각이 들었다.

전사와 같은 기질을 타고 났기에 지금처럼 생활을 즐기

고 있는 것이기도 하고 말이다.

상수는 바트얀과 세부적인 작전을 모두 수립하고는 다시 조용히 돌아갔다.

이제 삼 일 후에는 놈들의 지부를 공격하기로 하였기 때문에 그 안에 모든 준비를 해야 했다.

상수는 별장으로 돌아와서는 바로 전화를 걸었다.

—말씀하십시오, 국장님.

"특급 비상으로 모든 요원에게 전하도록 하라. 놈들의 지부에 대해 모두 파악을 하였고 이제 대한 세부적인 작전 지시를 바로 내릴 것이니 만반의 준비를 하라고 전하라."

—알겠습니다, 국장님.

요원들은 이미 상수가 그렇게 지시를 할 것이라고 예상을 하고 모든 준비를 마치고 있었다.

이들도 다크 세븐의 조직만 처리를 하면 더 이상 힘들지 않다는 사실을 알기에 이번 작전에 차질이 생기지 않게 만반의 준비를 하고 대기 중이었다.

상수는 모든 지시를 내리고는 이번에 놈들과의 악연을 확실하게 정리를 할 생각이었다.

그렇지 않으면 두고두고 놈들과 좋지 않은 관계를 가지게 될 것이기 때문에 이번 기회를 절대 놓칠 수 없는 입장이었다.

그렇게 해야 상수도 조금 편하게 생활을 할 수가 있기 때문이었다.

상수는 지시를 하고 나서는 캐서린과 즐거운 시간을 보내고 있었다.

다크 세븐은 아직 상수와 마피아의 작전에 대해서는 모르고 있었다.

이는 러시아에 있던 지부가 사라지고 나서는 이들이 러시아에 대한 정보를 받을 수가 없었기 때문에 벌어진 일이었다.

* * *

시간은 흘러 드디어 작전을 개시할 시간이 되어 갔다.

상수는 캐서린에게 일 때문에 당분간은 오지 못한다는 말을 전해주었다.

상수가 책임을 지기로 한 지부는 프랑스와 이집트였다.

이집트 지부는 요원들을 투입하여 처리를 하기로 하였다.

프랑스는 자신이 소수의 요원들과 직접 처리를 하기로 하였다.

물론 상당한 실력을 가진 이들은 모두 이집트로 보냈다.

그렇게 해야 문제가 생기지 않았기 때문이다.

상수는 프랑스 지부가 보이는 장소에 도착을 하였다.

"저기 보이는 곳이 놈들의 지부입니다, 국장님."

"안에 얼마나 있는 거지?"

"평소에 출입을 하는 이는 그리 많지 않지만 대강 삼십여 명이 있는 것으로 추정하고 있습니다."

"그러면 지부의 하부 조직들은 어떻게 되는 거지?"

"지부가 사라지면 이들의 연락망이 없어지기 때문에 조직을 유지할 수 없다는 판단이 들었습니다."

상수가 생각하기에도 지부가 사라지면 이들이 정보를 모으면서 받아야 하는 자금이 없어지기 때문에 더 이상은 유지할 수가 없을 것이라는 생각이 들었다.

정보를 모으려면 그만한 인원이 필요하지만 그에 따른 자금을 무시할 수는 없는 일이었다.

상수는 지부를 없애면서 놈들의 자금을 모조리 흡수할 생각을 하고 있었다.

아무리 잘 감추어 두어도 상수의 고문을 견딜 수 있는 인간은 없었기 때문에 가지는 자신감이기도 했고 말이다.

물론 이집트 지부에 있는 간부들도 사로잡아 모처에 가두어 두라는 말을 전하였고 말이다.

그래야 놈들의 지부를 박살 낸 의미가 있기 때문이다.

돈이 남아 있으면 놈들은 반드시 조직을 다시 살려 내려고 하겠지만 자금이 없다면 이는 절대 할 수가 없는 일이었기 때문이다.

"출입구는 모두 파악을 하였나?"

"예, 정면에 있는 입구와 뒤에 가면 다른 출입구가 있습니다. 그리고 지하로 도망을 가기 위해 비밀 통로를 만들어 두었지만 이미 그곳에는 요원들이 지키고 있습니다."

"좋아, 그러면 지금부터 놈들에 대한 토벌 작전을 시작한다. 뒤에 있는 입구로 1조와 2조를 투입을 하고 정면은 나와 3조가 들어간다."

상수의 지시를 받자 요원들은 일사분란하게 움직이기 시작했다.

상수는 자신의 품에 있는 총기를 꺼내 손에 쥐었다.

양손에 들고 있는 총에는 모두 사십 발의 총알이 장전이 되어 있었다.

상수와 같은 특급 사수에게는 상당한 도움을 주는 물건이었다.

"자, 들어간다."

이들은 귀에 작은 이어폰을 끼고 있었기에 모든 작전을 들을 수가 있었고 상수의 지시에 바로 움직이기 시작했다.

이는 전 지부를 동시에 공격을 하는 것이기 때문에 놈들도 다른 곳에 지원을 받을 수가 없도록 하였다.

물론 총본이 남아 있지만 그곳에는 실질적인 무력부대는 없는 것으로 판단이 들었다.

상수는 피해를 감수하고 공격을 하기로 결정을 하였던 것이다.

상수는 정면에 있는 문을 향해 걸어가면서 손으로 요원들에게 지시를 내렸다.

요원들도 상수의 지시에 따라 움직이기 시작했고 가장 선두에 상수가 서고 있었다.

"일반인이 없다는 것이 다행이네. 간부들은 위층에 있으니 바로 쓸어버리면 되겠다."

상수는 그렇게 생각하고는 소음기가 달려 있는 총을 강하게 쥐었다.

건물에서는 아직 상수가 접근하는 걸 이상하게 생각하는 이들이 없는지 아무런 반응이 없었다.

상수는 입구로 들어가면서 가장 먼저 경비를 서고 있는 이들을 보았다.

모두 세 명의 경비가 눈빛을 빛내며 상수를 보고 있었다.

이곳은 대외적으로 손님이 오는 곳이 아니었기에 이들

은 상수를 날카로운 눈을 하고 살피고 있었다.

상수는 입구로 들어오자 바로 품에서 총을 꺼내 경비들을 쏘았다.

퓨슝, 퓨슝, 퓨슝!

상수의 사격 실력은 특등 사수와 같은 실력이었기에 경비들은 그런 상수의 총에 이마를 관통하며 쓰러졌다.

상수는 경비가 쓰러지자 이내 요원들에게 신호를 보냈다.

요원들은 상수의 신호를 기다리고 있었기에 바로 안으로 들어왔다.

상수와 요원들은 이내 상층으로 가기 위해 이동을 하였다.

그때 건물에서는 요란한 벨소리가 울렸다.

아마도 적의 침입을 알려주는 소리 같았다.

상수와 요원들은 상부로 진입하면서 차분하게 적을 제거하고 있었다.

"이 층은 제거하였습니다, 국장님."

"요원들은 천천히 다음 층으로 이동을 한다. 나는 상부에 있는 놈들을 직접 치러 가겠다."

상수는 엘리베이터를 이용하여 놈들에게 갈 생각이었다.

이미 놈들은 위험을 감지하고 방비를 하고 있겠지만 상

수에게는 그런 정도의 위험은 아무것도 아니었기에 걱정이 없었다.

상수의 지시로 요원들은 이동을 하였고 상수는 바로 엘리베이터를 타고는 가장 상층을 눌렀다.

7층 건물이었지만 옥상으로 도망을 가면 지금 대기를 하고 있는 저격조에게 놈들을 벌집이 될 것이다.

그렇기에 상수는 놈들이 절대 도망을 가지 못한다고 생각하였다.

모든 출입구가 봉쇄를 당했으니 놈들은 완전히 포위를 당한 것이기 때문에 절대 빠져나갈 수가 없었다.

*　　*　　*

상수는 엘리베이터를 타고 이동을 하면서 가장 상층에 도착을 하자 바로 천정에 붙어 혹시 모를 공격에 대비를 하였다.

지이잉

문이 열리자 상수의 예상대로 엄청난 총격이 쏟아졌다.

타타타타타탕!

상수는 상대가 총격을 하는 동안은 그대로 있다가 기감으로 놈들이 있는 위치를 찾았다.

내기를 이용하자 상수의 몸은 바람처럼 빠르게 입구로 향했고 이내 상수의 총에서도 불을 뿜었다.

퓨슝! 퓨슝!

퓨슝!

"커억!"

"아악!"

"놈이 나왔다. 공격하라."

타타타타탕!

상수는 놈들이 공격을 할 것을 이미 예상하고 있었기에 자신이 공격을 하자 바로 몸을 움직였다.

그러면서 상수는 계속 공격을 하여 놈들의 수를 줄여 나가고 있었다.

상수를 공격하는 이는 모두 열두 명이었다.

하지만 상수에게 순식간에 당하여 이제 세 명만 남아 있었다.

상수는 남아 있는 세 명이 어디에 있는지 다 파악하고 있었기에 빠르게 이동을 하였다.

그러면서 동시에 총을 쏘았다.

퓨슝! 퓨슝!

퓨슝!

팅!

"으윽!"

"컥!"

그런데 마지막 남은 놈의 앞에 있는 문은 방탄으로 되어 있는지 총알이 먹히지를 않았다.

상수는 급히 품에서 암기를 꺼내 혈기를 담아 날렸다.

쉬이익!

퍼석!

"크아악!"

놈이 숨어 있던 것이 박살이 나면서 암기는 놈의 머리를 깊숙이 박혀 버렸다.

상수는 이제 남은 놈들이 없다는 것을 알았지만 절대 방심을 하지 않았다.

그리고 상층부에 있는 간부들을 찾았는데 한 방에 놈들이 모여 있다는 사실을 알았다.

'방에 숨어서 무슨 흉계를 꾸미는지는 모르겠지만 오늘은 절대 살아남을 수가 없을 거야.'

상수는 내심 그렇게 생각하며 놈들이 있는 곳의 문을 향해 총을 쏘고는 강하게 문을 부수고 안으로 굴렀다.

퓨슝! 퓨슝! 퓨슝!

방에 있는 이들은 설마 자신들이 있는 위치를 알고 총을 쏠 줄은 몰랐다.

상수의 총격에 대부분이 부상을 입었고 일부는 사망을 하였다.

하지만 아직은 놈들도 반격을 할 수가 있었는지 상수가 문을 부수는 그 순간에 총격을 하는 놈들도 있었다.

탕탕탕!

하지만 상수는 놈들의 총격을 대비하고 몸을 움직이고 있어 피격을 당하지는 않았다.

상수는 사무실에 남아 있는 이들이 모두 간부라는 생각에 죽이지는 않았다.

그러나 아마도 남은 평생은 불구로 살아야 할지도 모르는 일이었다.

퓨슝! 퓨슝!

퓨슝!

"커억!"

"크윽!"

간부들도 대부분 부상이 심해서 몸을 움직이기에는 힘든 상황이 되었다.

상수는 그런 간부들을 확인하고 책상이 있는 곳에 숨어 있는 인물에게 말을 걸었다.

"거기 숨어 있는 사람이 여기 지부장인가?"

상수의 말에 책상 밑에 있던 카로스는 놈이 지금 방심

을 하고 있다는 생각이 들었지만 공격을 하기가 망설여졌다.

혼자서 이십여 명을 모두 처리를 할 정도로 실력이 있는 인간이라는 생각이 드니 몸이 절로 떨려서 공격이 망설여졌다.

"누군데 우리를 공격하는 것이냐?"

그래도 지부장이라 그런지 상대의 정체를 먼저 물었다.

"내가 누군지 궁금하면 고개를 들지 그래, 서로 얼굴을 보며 말을 해야지, 안 그래?"

상수는 느긋한 목소리로 말을 하였지만 지부장은 감히 고개를 들 수가 없었다.

상수는 말을 하면서 놈이 고개를 들지 않자 은밀하게 놈이 있는 책상으로 접근을 하였다.

상수는 순식간에 놈에게 접근을 하여 머리에 총을 대었다.

"이제 그만 일어나자. 나 바쁜 사람이야."

상수의 총이 머리에 겨누게 되자 지부장은 감히 그 말을 거역하지 못하고 몸을 일으켰다.

상수는 놈의 몸에 있는 총기를 수거하려고 할 때 움직이려고 하는 인물이 있어 바로 다른 손에 있는 총을 쏘았다.

퓨슝!

"크악!"

놈의 머리는 상수가 단방에 구멍을 내주었고 비명 소리와 함께 죽고 말았다.

상수는 그런 놈에게는 관심이 없었는데 지부장이 이미 잡혔기 때문이었다.

"아직도 움직이려고 하는 놈이 있는 것 같은데 한번 해보면 어떤 결과가 나올지 알 수 있을 거야."

상수의 차가운 음성에 놈들은 감히 움직일 생각을 하지 못했다.

간부들의 행동을 확인한 상수는 바로 요원들을 불렀다.

"여기는 모두 정리를 하였으니 3조는 바로 엘리베이터를 타고 올라오도록 해라. 남은 조는 남아 있는 이들을 모두 제거해라."

"알겠습니다, 국장님."

요원들은 이미 간부들을 모두 잡았다는 이야기에 얼굴이 환해졌다.

가장 위험한 곳으로 간 상수가 모두 해결을 했다고 하니 자신들이 처리할 인원들이 그만큼 줄어들었기 때문이다.

3조는 상수의 지시대로 바로 올라왔고 그들은 복도에 죽어 있는 놈들을 보고는 고개를 흔들었다.

혼자 이 많은 이를 모두 처리하였다는 사실이 지금도 믿어지지가 않아서였다.

"도대체 우리 국장님은 인간이 맞는 거야?"

"실력이 대단하다는 말은 들었는데 이 정도인지는 나도 몰랐네."

요원들은 상수가 있는 곳으로 가면서 놀란 얼굴을 하였다.

그러면서도 철저하게 경계를 하며 상수가 기다리는 방으로 오게 되었다.

"여기 부상을 입은 자들을 모두 데리고 이동한다. 시간이 없으니 최대한 빨리 부상자들을 응급처치하고 가자."

"예, 국장님."

요원들의 눈에는 존경심이 넘쳐나게 흘러나왔다.

제10장 마피아 총보스의 선물

UNION BANK

부상자들은 요원들에게 맞기고 상수는 포로로 잡아온 지부장에게로 갔다.

이제 지부는 마무리가 되었으니 지부장을 통해 총본을 비롯해서 추가 정보를 얻어야 했다.

"우리는 이제 대화를 해야 하지 않을까?"

"그대는 도대체 누구요? 왜 우리를 공격하는 것이오?"

"당신이 다크 세븐의 프랑스 지부장이 맞으면 그런 질문을 하지 않을 거야."

상수의 대답에 지부장은 멍한 얼굴을 하고는 상수를 보

았다.

그런 지부장의 태도를 보고 상수는 아직 정신을 차리지 못했다는 생각이 들었다.

“지금 나에 대한 정체가 궁금한 것이 아니라 당신이 죽을 것인지 살아남을 것인지를 먼저 궁리를 해야 하는 것이 아냐?”

상수의 말에 지부장은 금방 정신을 차렸고 상황을 인식하였는지 눈빛이 돌아왔다.

“도대체 나에게 원하는 것이 무엇이오?”

“그렇지 그렇게 나와야 하는 거야, 내가 무엇을 원할 것 같아?”

상수의 질문에 지부장은 돌아가지 않는 머리를 열심히 굴리고 있었다.

지금 답변을 잘못하면 이 자리에서 죽을 수도 있다는 공포심 때문이었다.

“저… 제가 아는 것은 그리 많지 않습니다.”

“내 질문에 답변만 잘하면 되는 거니 그리 문제는 없을 거야. 우선 처음 질문. 지부의 모든 자금은 어디에 보관을 하지?”

상수의 질문에 지부장은 순간 황당한 얼굴이 되고 말았다.

고작 돈 때문에 자신들을 공격하였다는 생각이 들어서였다.

상수는 지부장이 바로 대답을 하지 않자 바로 인상이 변하려고 하였다.

"아직 상황을 파악하지 못한 모양이야."

상수는 그렇게 말을 하며 지부장의 팔을 사정없이 비틀었다.

우드득.

"크아악!"

"조용하고 자금은 어디에 있는지 어서 말해야 할 거야."

"나… 도 잘 모르오."

상수는 지부장을 보며 입가에 차가운 미소를 지었다.

지부장이 모를 수가 없다는 생각이 들어서였다.

"그렇게 고통을 원한다면 할 수 없지 원하는 대로 해주지."

상수는 남자의 몸을 혈기를 이용하여 여러 곳을 찔렀다.

이거는 상수만 할 수 있는 고문 방법이었기 때문에 누구도 할 수 없는 방법이기도 했다.

지금까지 여러 번 사용하였지만 이 고문에서 벗어나는

사람은 단 하나도 없었기 때문에 상수도 이 방법을 나름 선호하고 있었다.

콕콕콕.

상수가 갑자기 자신의 몸을 손가락을 찌르자 지부장은 내심 코웃음을 쳤다.

'그 정도로 나에게 듣고 싶은 말을 듣지는 못할 거다.'

지부장은 상수가 하는 짓을 보고 비웃고 있었다.

하지만 그런 지부장의 몸에서 반응이 나오는 시간은 그리 길지 않았다.

지부장은 갑자기 온몸이 바늘로 찌르는 것처럼 고통이 찾아오기 시작하였다.

점점 그 고통은 참을 수 없을 정도로 심하게 변해가고 있었다.

우드득 우득.

"크아악! 차라리 나를 죽여라."

"아직 정신이 남아 있는 것 같은데 좀 조용히 하라고. 시끄럽잖아."

상수는 그런 지부장의 몸을 다시 누르자 이상하게 입에서 비명 소리가 나오지를 않았다.

소리를 지르지도 못하고 있지만 몸에 느끼는 고통은 지부장의 상상보다도 심하게 느껴지고 있었다.

부들부들.

지부장은 시간이 지날수록 고통이 더 강하게 느껴지는 것에 눈동자가 거의 돌아갔고 결국에는 입가에 거품을 뿜기 시작했다.

상수는 이제 시간이 되었다는 생각이 들었는지 지부장을 보며 다시 물었다.

"자, 시간이 없으니 다시 묻지 자금이 어디에 있는지 말할 수 있겠지? 그럴 수 있으면 눈을 깜빡여라."

상수의 질문에 지부장은 고통을 느끼면서도 강하게 눈을 깜빡이고 있었다.

지부장은 지금의 고통을 벗어날 수만 있다면 무슨 짓도 할 수가 있을 것 같은 심정이었다.

상수는 그런 지부장을 보며 천천히 손을 움직였다.

'돌아와라.'

상수는 지부장의 몸에 있는 혈기들을 다시 회수를 하였다.

혈기들은 무언가 아쉬운 움직임을 보였지만 상수의 명령을 거절하지는 않았다.

혈기들이 다시 돌아올 때는 전보다도 강하게 되어 돌아오기 때문에 상수의 입장에서는 고문을 하면서도 절대 손해 보는 일이 없었다.

상수는 혈기들이 몸속으로 들어오자 이내 제법 많은 양이 늘었다는 것을 느낄 수가 있었다.

'이거 이러다가 고문에 취미가 생기는 것이 아닌지 모르겠네.'

상수는 그런 생각이 들었지만 혈기가 강해지면 자신이 그만큼 강해지는 것이라고 생각하고는 더 이상 생각지 않았다.

"아까의 고통은 아주 기본에 속하는 것이니 지금부터는 묻는 말에 바로 대답해 주기를 바란다. 그렇지 않으면 지금 느꼈던 고통의 두 배를 다시 느끼게 될 거야."

"……."

"자금은 어디에 있지?"

상수의 차가운 음성에 지부장은 자신이 여기서 죽을 수도 있다는 생각이 들자 두려운 시선으로 상수를 바라보았다.

자신이 자금에 대한 비밀을 지키면 정말 끔찍한 고통을 당하며 죽을 수도 있다는 판단이 들었기 때문이다.

이 고통에서 해방할 수 있는 길은 저자가 알고 싶은 이야기를 모두 말해줘야 한다는 생각이 강하게 들었다.

"우리 지부의 자금은 내 책상에 있는 컴퓨터에 접속을 하면 됩니다."

지부장은 그렇게 지부에 있는 비밀 자금까지 모조리 상수에게 털어놓았다.

상수는 지부장의 말을 듣고 조용히 모든 자금을 다른 계좌로 이동을 시키고 있었다.

상수가 이동을 하는 계좌는 마피아가 사용하는 대포 통장이었기 때문에 이 통장으로 추적을 할 수는 없었다.

상수는 그렇게 프랑스에 있는 지부를 완전히 거덜을 내고는 놈들을 가지고 온 차량에 태우고는 조용히 사라졌다.

상수가 사라지고 얼마 지나지 않아 프랑스 경찰이 도착하였지만 이들이 사고 현장에서 찾은 것은 아무것도 없었다.

단지 총기를 사용하였다는 흔적만 남아 있었기에 결국 사건은 그냥 흐지부지 넘어가고 말았다.

물론 이도 프랑스 고위 관계자가 개입이 되어 있었기 때문에 가능한 일이었지만 말이다.

다크 세븐의 지부들은 그렇게 상수와 마피아의 습격으로 완전히 박살이 나고 말았다.

상수가 습격을 한 곳은 그래도 어느 정도 살아 있는 놈들이 있었다.

하지만 마피아가 습격을 한 곳에는 지부장과 간부 한

명을 빼고는 모조리 죽음을 당하고 말았다.

지부장과 간부 한 명도 성한 몸을 가지고 있지는 않는 것을 보고 상수도 마피아가 상당히 잔인하다는 것을 처음 느끼게 되었다.

마피아는 복수를 했다는 것에 만족을 하였고 지부에 있는 재산에 대해서는 상수가 알아서 처리를 하라고 하였기에 상수는 덕분에 엄청난 자금을 얻게 되었다.

각 지부에서 관리를 하는 자금이 생각보다 상당하였기 때문이다.

그리고 그들이 가지고 있던 무기들은 모두 마피아로 이동을 하였다.

다크 세븐의 지부들이 하루아침에 모조리 당하게 되자 지부에서 연락을 받던 하부 조직들이 당황하게 되었다.

각 지부의 밑에 있는 팀들이 정보를 모아도 줄 곳이 없어지자 이들도 앞으로 어찌해야 할지를 고민하게 되었다.

다크 세븐의 보스가 있는 곳에서는 지금 엄청나게 화를 내는 인물이 있었다.

꽝!!

"아니, 각 지부에 아직도 연락이 되지 않는다는 것이 말이 되는 일이냐?"

“죄송합니다. 지금 사방에 연락을 하였지만 아직 연락이 되는 이가 없었습니다. 그래서 지부로 직접 사람을 보냈습니다. 보스.”

보스라는 60대의 인물은 지금 상황이 보통의 상황이 아니라는 것을 직감적으로 느꼈다.

각 지부가 모두 연락이 안 된다는 것은 지부가 전부 당했다는 생각이 들어서였다.

다크 세븐은 각 지부에서 각 팀들을 관리하기 때문에 지부가 없어지면 그 팀들도 연락을 할 수가 없었기 때문이다.

보스는 눈앞에 있는 남자에게 화를 낸다고 해서 상황이 해결이 되는 것이 아니라는 것을 알았지만 솔직히 화가 나는 것을 참을 수가 없었다.

“당장 연락이 되는 조직원들에게 연락하여 지부의 상황을 파악하라고 지시를 내리게. 연락처는 우리가 있는 곳이 아니라 다른 곳으로 하고 무슨 소리인지 알겠나?”

“예, 알겠습니다. 보스.”

남자는 대답을 하고는 나갔다.

혼자 남은 인물은 가만히 생각에 빠져들었다.

왜 조직이 이렇게 되었는지를 생각하기 위해서였다.

‘각 지부가 무너져도 총본에 대해서는 알 수가 없으니

여기는 아직 안전하겠지만 그래도 혹시 모르니 나도 안전 지역으로 우선 피해 있는 것이 좋겠다.'

보스는 그렇게 생각을 정리했다.

아직까지 상황을 모르는 상태이지만 적어도 이것 하나만은 분명했다.

누군가가 조직의 일에 개입하고 있다.

그러니 상대가 누군지 모르는 지금은 잠시 잠수를 하면서 상황을 파악하는 게 좋겠다고 생각한 것이다.

"누군지 모르지만 우리 다크 세븐을 너무 우습게 본 것 같은데 두고 보자. 뿌드득!'

보스라는 인물은 그렇게 이를 갈고 있었다.

상수는 각 지부의 장을 만나 그들이 가지고 있는 비밀 자금을 모조리 흡수하였다.

놈들이 가지고 있는 자금의 출처를 말하지 않으려고 하였다.

하지만 상수의 고문은 이들이 참을 수가 있는 것이 아니었기에 금방 자금에 대한 것을 모두 불게 되었다.

상수는 지부에 자금을 완전히 거덜을 내고는 놈들의 총본을 찾기 위해 최선을 다했다.

그러나 지부장들도 총본에 대해서는 모르고 있어 상수로서도 방법이 없었다.

다행이라면 놈들의 지부가 무너지면서 지부의 지시를 받는 각 팀들이 스스로 은폐를 하고 잠수를 타는 바람에 이들이 더 이상은 정보를 받을 수가 없다는 것이었다.

"이제 지부들이 사라졌으니 다크 세븐도 전처럼 활동을 할 수는 없을 거다. 그런데 아직 총본이라는 곳이 남아 있어 언제 이들이 전처럼 다시 새로운 조직으로 나타날지 모르겠네."

상수는 지부에 속해 있던 이들에 대한 자료를 모아 총본에 대한 단서를 찾으려고 하였지만 결국 찾지 못하고 말았다.

총본을 두고 있으려니 이상하게 마음이 편하지 않아서 상수는 다른 방법을 찾을 수밖에 없었다.

우선은 놈들이 누구에게 박살이 났는지를 모르고 있으니 그에 대한 정보를 살짝 흘려 놈들이 다가오게 하는 방법을 생각해 보았다.

"나에 대한 정보를 흘렸으면 좋겠지만 나중을 생각하면 좋은 방법은 아닌 것 같고 무슨 좋은 방법이 없을까?"

상수는 자신이 놈들의 표적이 되는 것에는 걱정이 없었다.

하지만 혹시 가족에게 위험이 갈 수도 있다는 생각에 결정을 내릴 수가 없었다.

지부에 소속이 되어 있는 팀들 중에 총본과 연락이 되는 곳도 있을 수가 있겠지만 상수가 보기에는 그렇지는 않을 것 같아 보였다.

결국 총본에서도 따로 정보를 모을 수 있는 조직이 있다는 생각이 들자 상수는 자신이 표적이 되는 것은 바로 생각에서 지워 버렸다.

"이거 혼자 모든 걸 처리하려고 하니 생각이 나지 않는군. 우선은 요원들과 함께 의논을 해보는 것이 좋겠다."

상수는 그렇게 판단하고는 요원들에게 총본을 찾을 수 있는 방법을 찾으라는 지시를 내렸다.

다크 세븐의 지부들이 박살이 났기 때문에 이제는 놈들에 대해서 그리 걱정을 하지 않아도 되었다.

그러나 아직 총본이 남아 있기 때문에 언제든지 놈들은 새롭게 조직을 만들 수가 있다는 생각이 들어 반드시 놈들의 뿌리를 제거하려고 하였다.

드드드드.

"예, 형님."

—거기도 일을 마쳤으니 여기로 와라. 총보스께서 좀 보자고 하신다.

바트얀은 다크 세븐의 지부를 박살 내고 나서는 기분이 상당히 좋아졌다.

전 세계에서 다크 세븐에 대한 검거를 하려고 하였지만 아직도 놈들에 대한 정보가 없어 어떻게 하지는 못했었다.

그런데 자신들이 그런 다크 세븐의 지부를 박살을 냈으니 충분히 자부심이 생길 일이다.

이는 마피아 하부 조직의 인물들도 마찬가지의 심정을 느끼고 있었다.

물론 당분간은 마피아가 이 일에 개입이 되었다는 사실을 비밀로 하겠지만 어느 정도 시간이 지나면 금방 알려지게 될 일이기도 했다.

사람의 일은 혼자만 알고 있어도 소문이 난다는 말이 있을 정도로 많은 이가 알고 있는 일이 소문이 나지 않을 수가 없기 때문이다.

상수가 바라는 것은 약간의 시간을 벌어 놈들의 총본을 찾는 것이었다.

한데 지금은 그 일도 그리 쉽지 않을 것 같았다.

"알겠습니다. 저도 하고 싶은 말이 있었는데 그러면 가서 말을 하지요."

상수는 그렇게 대답을 하고는 통화를 마쳤다.

러시아로 돌아온 상수는 마피아의 총보스의 저택에 들어갔다.

러시아 마피아의 총보스는 이번 작전에 가장 큰 공을 세운 상수를 아주 반갑게 맞이해 주었다.

"하하하, 우리의 영웅이 이제 오는구만그래."

"영웅은 무슨 영웅입니까. 그냥 놈들에게 작은 복수를 하고 온 거죠."

상수는 영웅이라는 말에 약간 쑥스러운 생각에 하는 소리였다.

"모두 우리의 영웅을 위해 박수를 쳐 주자."

총보스의 말에 주변에 있던 간부들은 모두 기쁜 얼굴을 하며 박수를 치기 시작했다.

짝짝짝.

"축하합니다. 상수 보스."

언제부터인가 모르지만 상수도 마피아의 간부들 사이에 보스라는 호칭으로 불리고 있었다.

그만큼 상수의 위치가 마피아에서는 상당한 거물로 인식이 되고 있다는 말이었다.

상수는 간부들이 박수를 쳐주자 조금 민망한 얼굴을 하고 있었다.

이런 대접을 받자고 놈들을 공격한 것은 아니었지만 마피아도 다크 세븐이라는 조직에 그만큼 좋지 않은 감정을 가지고 있다는 것을 알게 되어 한편으로 마음이 흐뭇하기도 했다.

"자네가 공을 세웠으니 내가 한 가지 선물을 준비하였는데 마음에 들지 모르겠네."

총보스는 상수를 위해 무엇을 선물하는 것이 좋을지를 생각하다가 상수가 아직 대학을 졸업하지 못했다는 말을 떠올렸다.

해서 자신의 인맥을 이용하여 상수를 러시아에 있는 대학들 중에 가장 명문이라고 하는 모스크바 대학의 졸업장을 만들게 되었다.

아직은 러시아가 권력의 힘이 강하기 때문에 가능한 일이었다.

"선물이라는 무슨 선물이요?"

상수는 궁금한 눈빛을 하며 총보스를 보았다.

그러자 총보스는 손가락을 튕겼다.

딱!

그 소리에 한 남자가 다가와서는 상수에게 무언가를 주었다.

상수는 남자에게 받은 서류 봉투를 열어 안에 있는 내용물을 꺼내고는 감격과 놀란 눈빛을 하며 총보스를 보았다.

"아니, 이거는……?"

상수의 놀란 얼굴을 보고 총보스는 아주 흐뭇한 미소를 지었다.

"자네가 미국의 하버드에서 곤란한 일이 생겨 졸업을 하기가 힘들다는 이야기를 들었네. 하지만 우리 러시아를 위해 사업을 하고 있으니 그 정도는 정부에서도 충분히 해 줄 수가 있다고 해서 받아 온 것이네. 이제 자네도 대학을 졸업한 사람이 되었으니 이제부터는 누구에게도 당당하게 말을 하도록 하게."

총보스의 말에 상수는 가슴속에서 아주 뜨거운 무언가가 올라오는 기분을 느꼈다.

정말이지 러시아의 마피아를 알게 되어 상수는 너무도 많은 것을 이들에게 받고 있다는 생각이 들어서였다.

물론 상수가 하는 일이 마피아에게도 이득이 되었지만 실질적으로 상수가 버는 것에 비하면 마피아에게는 손해였기 때문이다.

상수는 그런 총보스를 보았다.

"감사합니다. 정말 생각지도 못한 선물이라 아직도 가슴이 떨리네요."

상수는 뜨거운 눈빛을 하며 총보스를 보며 감사의 인사를 하였다.

그런 상수의 눈빛에 총보스는 웃으면서 농담을 하였다.

"하하하, 이거 그런 눈빛을 하고 있으면 내가 남들에게 오해를 살지도 모르는 일이니 앞으로 그렇게 나를 보지 말게."

총보스의 농담에 주변에 있던 간부들은 모두 웃음이 터지고 말았다.

"하하하, 그렇게 말씀하시지 않아도 오해는 하지 않을 겁니다."

"하하하."

간부들도 그렇고 바트얀도 그렇게 즐거운 미소를 지으며 분위기가 만들어지고 있었다.

즐거운 파티를 마치고 상수는 총보스와 일부 간부, 그리고 바트얀과 따로 자리를 마련하였다.

제11장 밝혀지는 상수의 비밀

UNION BANK

상수는 모여 있는 이들이 실질적인 마피아의 보스들이었기에 조용히 입을 열었다.

"모두 아시겠지만 이번 다크 세븐의 지부를 공격한 것은 아주 성공적으로 이루어졌습니다. 하지만 아직 놈들의 총본부에 대한 정보는 얻지 못하고 있어 조금 곤란한 상황입니다. 지금도 놈들에 대한 정보를 모으기 위해 움직이고 있지만 놈들도 실지적인 무력이 사라졌기 때문에 다시 어둠 속으로 숨을 수가 있다는 것이 저의 생각입니다."

상수의 간단한 설명에 총보스와 다른 보스들도 고개를 끄덕였다.

이들이 생각해도 그럴 수 있다는 생각이 들어서였다.

보스들 중에 유일하게 눈빛이 총명해 보이는 이가 입을 열었다.

"그런데 이번 공격에 우리 마피아 말고 상수 보스가 이끄는 이들이 따로 있다고 들었습니다. 그들은 누구입니까?"

"음, 그들은 제가 사우디의 왕자님과 알게 되면서 얻게 된 직위로 인해 수하로 다루고 있는 이들입니다."

그러면서 상수는 요원들이 자신의 지시를 듣게 되었는지에 대해 자세하게 설명을 하였다.

한참의 설명을 들은 보스들도 충분히 이해를 하게 되었다.

"그러면 자네는 앞으로 어떻게 하였으면 좋다고 생각하는가?"

"저는 놈들을 공격한 것이 누구인지를 알려서 놈들이 움직이게 하는 것이 가장 좋은 방법이라고 생각합니다. 그런데 그렇게 하면 누군가는 암살의 위험에 처하게 되겠지요."

상수의 말에 마피아 보스들도 일리가 있는 말이었기에

고개를 끄덕였다.

"흠, 하기는 지부들이 모조리 박살이 났으니 범인을 알게 되면 그냥 있을 수는 없겠지 하지만 우리 마피아를 상대로 암살을 하려고 하는 암살 조직은 없을 것이네. 만약에 우리 마피아를 상대로 암살을 했다가는 전 세계의 암살 조직들이 테러를 당하게 될 수도 있으니 말이야."

총보스의 말에 상수는 눈빛을 빛나고 있었다.

"그러면 놈들에게 약간의 정보를 흘려 놈들이 움직이게 하는 것이 어떠십니까?"

"과연 놈들이 우리가 원하는 대로 움직여 줄까?"

총보스의 말에 상수는 급하게 대답을 하였다.

"놈들의 총본에 얼마나 많은 자금이 있는지는 모르지만 조직을 위험하게 만든 곳을 그냥 둘 수는 없을 겁니다. 그러지 않으면 그 조직은 절대 유지를 할 수가 없겠지요."

상하 지휘가 이루어지지 않으면 그것은 조직이라고 할 수가 없었기에 하는 소리였다.

하부 조직에 속해 있는 이들이 자신들의 조직을 박살낸 조직을 그냥 보고 있다는 사실을 알게 되면 그 뒤로 조직의 분란이 생기게 될 것이다.

그렇게 하면 절대 조직을 유지할 수가 없기 때문이다.

이는 어느 조직이나 마찬가지였다.

상수의 말에 총보스도 이해를 하였다.

"그러면 지금 비밀로 하라는 이야기를 조금 소문을 내도록 해야겠군."

"예, 놈들에게 은밀하게 들리게 천천히 조절을 하면서 소문을 내는 것이 좋겠습니다. 그래야 놈들의 움직임을 파악할 수가 있으니 말입니다."

상수가 이렇게 하는 이유는 총본에도 최소한의 무력은 가지고 있을 것이라는 판단이 들어서였다.

총본이라는 곳이 무력도 없는 곳이었다면 각 지부가 그냥 유지가 될 수 없다는 생각이 들어서였다.

각 지부에 속해 있는 지부장들이 아무 이유도 없이 총본의 말을 따르지는 않았을 것이라는 예상이 들어서 총본에도 지부를 견제할 무력 정도는 가지고 있다는 생각이 들었다.

물론 그런 예상이 들기에 지금과 같은 작전을 짜는 것이고 말이다.

"그런데 놈들이 움직이지 않을 수도 있지 않나?"

"예, 그럴 수도 있지요. 하지만 우리에게는 지금 놈들을 잡을 유일한 방법이니 우선 시도해 보는 것이 좋을 것 같습니다. 어차피 놈들을 두고 있으면 무언가 걸리는 기분이 드니 말입니다."

상수의 설명에 총보스는 수긍이 가는 얼굴이었다.

자신의 신조가 손을 보았으면 확실하게 마무리를 해야 한다는 것이기 때문에 지금 상수가 하는 말을 모두 자신의 생각과 일치하고 있었다.

"그러면 세부적인 작전을 짜보도록 하지."

"예, 그렇게 하지요."

러시아 마피아는 그렇게 다크 세븐에 대한 작전을 짜기 시작했다.

* * *

이들이 그러고 있을 때 다크 세븐의 총본에서는 한바탕 난리가 났는지 사무실 안에 깨지고 부서져 있는 것들이 눈에 보였다.

"그러면 전 지부가 모조리 박살이 나는 동안 도대체 너는 무엇을 하고 있었느냐 말이다."

60의 나이로 보이는 건장한 육체를 가지고 있는 인물로, 그는 다크 세븐의 보스였다.

"저희도 지부에 대한 정보가 그 정도로 놈들에게 알려져 있는지 확인하지 못했습니다."

"그런데 이번에 러시아 마피아 놈들이 공격한 것은 확

실한 것이냐?"

"예, 이미 확인도 하였지만 마피아 놈들이었습니다. 그리고 지금 러시아에서도 자기들이 우리를 박살 냈다고 소문이 돌기 시작한다고 합니다."

"으드득, 이 새끼들이 아주 나를 가지고 놀고 있으니 놈들에게 어떻게 복수를 해야 할까?"

"보스, 지금 당장은 조직의 별동대를 움직이지 않는 것이 좋습니다. 아직 무력이나 세력이 부족한 우리에게는 마피아를 상대할 방법은 없습니다."

아직 이들은 상수의 작전에 대해서는 생각지 못하고 있는 모양이었다.

"아니, 그렇다고 지부들이 모두 박살이 났는데 그냥 있으라는 말이냐? 그렇게 되면 아마도 앞으로 우리 다크 세븐의 이름은 어디를 가도 인정을 받을 수가 없을 것이다."

보스의 말대로 지금 놈들에게 반격을 하지 않으면 아마도 다크 세븐이라는 조직의 이름이 사라질 수도 있을 것이다.

하지만 그렇다고 놈들에게 공격을 할 수도 없는 상황이었다.

"보스, 놈들이 각 지부에 있는 자금까지 모조리 쓸어 갔다는 것은 우리를 노리기 때문이라는 생각이 듭니다. 총본에 대한 이야기를 들었을 것이고 총본을 알고 있으니 재기를 하지 못하게 하려고 자금을 가지고 간 것으로 보이니 지금은 최대한 조심해야 합니다."

남자의 말에 보스도 조금은 고민이 되는 얼굴을 하고 있었다.

자신이 생각해도 충분히 그렇게 행동을 할 것이기 때문이다.

그리고 지금 러시아 마피아의 총보스는 한번 손을 보면 마무리를 확실하게 하기로 유명한 인물이었다.

말을 들으면서 화가 나기는 했지만 화를 낸다고 해서 해결이 되는 것은 아니었다.

얼굴이 절로 일그러졌지만 이내 차분하게 진정을 하고는 입을 열었다.

"데이비스, 지금 전력으로 조직을 활성화시키려면 얼마나 걸린다고 생각하는가?"

흠칫!

보스의 갑작스러운 질문에 데이비스라는 남자는 몸이 굳어지는 느낌을 강하게 받았다.

지금 하는 이야기가 무언가 이상한 느낌을 주고 있다는 생각이 강렬하게 들었다.

"보스 갑자기 왜 그런 말씀을 하십니까?"

"조직을 생각하면 마피아 놈들을 그냥 둘 수 없지만 지금의 상황을 생각하면 놈들과 전쟁을 하면 우리 조직은 아마도 더 이상 유지를 할 수가 없을 것이다."

보스인 남자의 말에 데이비스도 크게 인정을 하고 있었다.

그렇다고 암살자를 시켜 마피아를 암살하라고 하면 아마도 자신들의 의뢰보다는 바로 마피아에 알려줄 것이기 때문에 암살을 의뢰할 수도 없는 입장이었다.

그만큼 러시아 마피아에 대한 인식은 강하기 때문에 암살 조직도 의뢰를 받지 않고 있다는 말이었다.

데이비스는 보스인 남자가 이런 말을 하는 것을 보고 많은 생각이 들었다.

'보스도 이제는 나이가 들어서 그런지 전과는 많은 것이 다르시네요.'

예전이었다면 아무리 힘이 들어도 돌파구를 찾으려고 하였을 것이지만 이제는 전과 같은 그런 투지력을 찾을 수가 없었기 때문이다.

세월의 힘은 누구도 막을 수가 없다는 것을 데이비스도 통감을 할 수밖에 없었다.

"보스, 마피아에 대한 보복은 나중에 하기로 하고 우선은 조직을 먼저 정리를 하셔야 합니다. 지금 하부 조직은 거의 무너지고 있다고 합니다."

"각 지부에 속해 있는 하부 조직들을 우리가 모두 파악을 하고 있는가? 내가 알기로는 그렇지 않은 것으로 아는데 아닌가?"

실질적으로 지부의 하부 조직은 지부의 힘이라고 생각하였는지 총본에는 알려주지 않고 각 지부가 스스로 힘을 키웠기 때문에 총본에서는 모르고 있는 하부 조직들이 상당했다.

그래서 지금 조직을 다시 정비하려고 하여도 전과는 상당히 규모가 축소될 수밖에 없었다.

"지금 당장 총본의 힘을 키우려면 우선 각 지부의 하부 조직을 먼저 흡수를 해야 합니다. 그렇게 하지 않으면 조직을 정비할 수가 없을 겁니다. 저희 조직의 가장 큰 힘은 바로 정보이기 때문입니다."

다크 세븐의 조직에 정보를 주는 이들이 상당하기는 하지만 이들과 접촉을 하는 이들은 조직의 간부들이 아닌 하부 조직에 속해 있었다.

그런 사실을 총본에서도 어느 정도 알고 있기에 하는 소리였다.

그렇게 하지 않으면 조직 자체가 붕괴가 될 것이기 때

문이다.

데이비스의 말에 보스인 남자는 한참을 고민을 하는 얼굴을 했다.

속에서 열불이라도 터지는지 얼굴색이 그리 좋지는 않았다.

'휴우, 보스가 그래도 보복을 하자고 하지 않으니 그나마 다행인가? 그렇지 않으면 아마도 남아 있는 조직도 유지하지 못하고 무너졌을 것이다.'

데이비스는 지금의 상황을 보고 걱정이 태산 같았다.

그동안 각 지부에 힘을 주지 말고 총본에 그 힘을 집중하자고 건의를 하였다.

하지만 각 지부가 이에 수긍을 하지 않았기에 지금처럼 조직이 무너지게 되었다고 판단하고 있었다.

물론 데이비스의 생각이 맞을 수도 있고 아닐 수도 있었지만 데이비스의 판단은 자신의 생각이 틀리지 않다고 생각하였다.

다크 세븐에 움직임에 총력을 기울이고 있는 상수에게는 참 좋은 결과이기는 했다.

시간이 지나고 나면 이도 그리 좋은 일만 있는 것은 아니라는 것이 문제였지만 말이다.

나중에는 언제든지 상수가 개입이 되었다는 사실을 다

크 세븐에서 알게 될 것이다.

그렇게 되면 가족이 그만큼 위험해질 수가 있기 때문이다.

* * *

한편 상수는 가족 때문에라도 무슨 일이 있어도 이번 기회에 다크 세븐을 확실하게 정리하려고 마음먹었다.

때문에 지금 하고 있는 일 중 이번 다크 세븐의 일을 최우선으로 여기고 있었다.

물론 요원들의 보고도 매일같이 받고 있었다.

"오늘도 놈들의 움직임을 찾을 수가 없다는 것은 포기를 했다는 것인가?"

상수는 놈들이 그동안 지독하게 하였던 일들을 생각하면 절대 있을 수 없는 일이라고 생각을 하였다.

"아니야… 아마도 세력을 흡수하여 우리에게 반격을 하려고 한다는 것이 정답이겠지."

상수는 그렇게 생각하고 연일 요원들에게 각 지부에서 파악을 하고 있던 하부 조직원들의 움직임에 각별히 주시하라고 명령을 했다.

이들이 다크 세븐의 하부 조직이고 피라미스 조직이라

총본과는 연락이 단절되었지만 어떤 식으로든지 연락이 올 것이라 생각했기 때문이다.

그럴 수밖에 없는 것이 총본으로서는 이들이 없으면 조직을 운영하기가 곤란할 것이라는 예상이 되기 때문이다.

상수는 아주 작은 움직임이 있어도 놈들에 대한 단서를 찾으려고 나고 있었다.

그러던 어느 날.

다크 세븐의 하부 조직에서 이상한 움직임을 찾을 수가 있었다.

"국장님! 하부 조직에서 상당한 움직임을 보이고 있습니다."

'빙고!'

요원의 말에 상수는 속으로 빙고를 외치며 말했다.

"놈들이 어디로 이동을 하는지만 파악해 두라고 하세요. 하부 조직원을 총본으로 부르지는 않을 것이니 아마도 새로운 지부를 만들려고 할 것 같네요."

"알겠습니다. 철저하게 놈들의 움직임을 파악해 두겠습니다."

"이번에 반드시 놈들의 총본을 파악해야 합니다. 아니면 계속해서 이런 일을 해야 할지도 모르니 말입니다."

상수의 지시로 다크 세븐의 하부 조직원이 움직임을 아주 상세하게 파악을 하게 되었다.

그런데 하부 조직원은 상수의 예상대로 실질적인 움직임은 없고 자신들이 전에 하는 것처럼 정보를 모으고 있었다.

정보를 모으는 일을 하려면 그만한 자금이 있어야 한다.

지금 하부 조직이 움직인다는 것은 누군가에게 자금을 지원받고 있다는 이야기였다.

"그리고 하부 조직원들에 대한 조사를 세부적으로 해보세요. 놈들이 어디서 자금을 받고 있는지를 은밀하게 조사를 하세요."

상수는 자금이 이체되는 장소를 찾아 총본이 있는 위치를 대략적으로 파악을 하려고 하였다.

그렇게 해야 놈들을 찾을 수가 있을 것이라는 생각이 들어서였다.

그렇게 상수와 다크 세븐은 치열하게 머리를 쓰며 소리 없는 전쟁을 계속했다.

*　　*　　*

미국 카베인 본사의 부회장실.

지금 카베인 부회장은 화가 머리끝까지 올라 화를 내고 있었다.

"아니, 이번 입찰에는 분명히 우리가 된다고 하지 않았나?"

"죄송합니다. 저희도 그렇게 보고를 받았는데 이번 입찰에 정 상수 사장이 개입을 하는 바람에 그쪽에서 입찰에 성공을 하였다고 합니다."

"정상수라고? 아니, 그놈은 우리하고 무슨 원수를 지었다고 우리의 일을 방해하는 것이냐?"

"앞으로 러시아가 있는 곳으로는 저희의 입찰이 힘들 것 같습니다."

"힘들다니? 왜?"

"정 사장이 마피아와 관계가 있기 때문이라고 합니다."

부회장은 상수와 좋지 않은 관계이기는 했지만 이미 회사를 그만둔 사람이기 때문에 더 이상은 신경을 쓰지 않으려고 하였다.

그런데 이번 입찰에 카베인이 떨어진 이유가 상수 때문이라는 말을 들으니 정말 화가 났다.

꽝!

"아무리 마피아가 개입이 되었어도 그렇지 어떻게 거의

성사가 된 입찰에서 밀릴 수가 있는가?"

부회장이 화가 난 음성으로 말하자 비서도 바로 대답을 할 수가 없었다.

"러시아 마피아의 힘이 저희가 생각하는 이상으로 막강한 것 같습니다."

마피아가 개입되어 입찰을 놓쳤다는 말을 들으니 자신들이 생각하는 이상으로 힘이 막강하다는 것을 부회장도 이번에 알게 되었지만 상수에게 입찰을 빼앗겼다는 기분은 사라지지 않았다.

그런 보고는 부회장에게만 간 것이 아니라 회장에게도 보고가 되고 있었다.

아직 상수에게 다른 행동을 하지는 않았지만 회장도 상수에게 상당히 섭섭함을 느끼고 있었고 사업을 하면 도움을 주지 않고 방해를 할 생각을 가지고 있는 인물이었다.

"우리 카베인이 정상수 한 사람에게 밀려 입찰에서 떨어졌다는 말인가?"

"그렇게 보고가 되었습니다. 맥슨 이사가 정부 고위자와 만나 거의 성사가 되었는데 정상수가 개입을 하면서 바로 관계자가 바뀌었다고 합니다. 회장님."

"그놈이 회사에 있을 때는 도움이 되지만 이제는 우리

와는 완전히 적이 되어버렸군그래."

"그렇게 보시면 정확할 것입니다."

"흠, 그러면 앞으로 어떻게 하였으면 좋겠는가?"

피터슨 회장이 보기에는 앞으로도 상수와 자신들이 입찰을 하려고 하는 곳에서 자주 보게 될 것 같아 하는 소리였다.

카베인은 상수가 운영하는 회사의 규모로 따지면 그 차이가 상당하기는 하지만 이제는 실적이 상당히 좋아지고 있으니 당당하게 입찰에 응할 수 있는 상수를 그냥 보고만 있을 수는 없는 일이었기 때문이다.

"정상수 사장이 입찰에 응하는 것을 저희가 어떻게 제재를 할 수가 없습니다. 그러니 우선은 타협을 하는 것이 가장 좋은 방법입니다. 회장님."

"우리 회사의 능력이 그 정도밖에 되지 않는다고 생각하는가?"

"회장님, 솔직히 러시아 마피아가 개입을 하면 그쪽 지역은 거의 힘듭니다. 다른 지역이라면 저희가 개입을 하여 방법을 찾을 수가 있지만 마피아가 개입이 되는 러시아 쪽은 방법이 없습니다."

피터슨 회장도 비서의 말을 들으면서 사실을 인정하지 않을 수가 없었다.

실질적으로 러시아나 그 주변 국가에 미치는 마피아의 힘을 무시할 수는 없기 때문이다.

그만큼 마피아는 다양한 인맥을 가지고 있었고 말이다.

"아무리 그래도 협상을 해야 한다는 것은 마음에 들지 않는군."

피터슨 회장은 자신이 먼저 숙이고 상수와 협상을 해야 하는 상황이 마음에 들지 않았다.

"그러시면 그쪽의 입찰은 포기하시면 간단합니다. 회장님."

다국적 기업인 카베인은 전 세계를 바탕으로 입찰을 하고 있는 회사였다.

그런데 러시아 주변의 나라에는 그 인맥이 먹히지가 않고 있었다.

우선 러시아권의 입찰에는 마피아의 영향력이 압도적이다.

그런데 카베인은 다국적 기업이긴 하지만 마피아와는 아무런 관계가 없었다.

그렇다 보니 이번처럼 다 된 밥에 코를 빠뜨리는 경우가 발생하는 것이다.

"우선은 다른 방법이 있는지 찾아보고 나중에 결정을

하는 것이 좋겠군, 아직 시간이 있으니 말이야."

"알겠습니다, 회장님."

피터슨 회장이 그리 말을 하니 더 이상은 토를 다는 사람들이 없었다.

모두 나가고 혼자 남은 피터슨은 상수가 생각 이상으로 대단한 인물이라는 생각이 들었다.

'정상수 이놈이 있을 때도 대단하다는 생각이 들었는데 이거는 나가서는 완전 날개를 달아버렸네. 이제 어떻게 하는 것이 좋을까……?'

피터슨은 상수에 대해 아주 심각하게 고민을 하였다.

자신이 자존심을 상하면서 손을 내밀기는 아직 카베인이라는 회사가 그리 약하지 않았다.

그리고 마피아의 영향력이 직접적으로 미치는 곳은 러시아뿐이다.

하지만 카베인은 러시아 외에도 전 세계에서 사업을 하는 다국적 기업이다.

이번 입찰에 실패를 했지만 당장 큰 영향이 있는 것은 아닌 것이다.

아직은 시간이 있으니 조금은 더 두고 보다가 결정을 하는 것이 좋다는 생각을 하고는 있지만 마피아와 관련이 있는 일이라 기다려도 결국은 한 가지 방법밖에 없다는 생각이 강하게 머릿속을 지배하고 있었다.

“부회장의 반응을 보고 결정을 하자.”

피터슨은 그렇게 결정을 하니 조금은 마음이 편해지는 기분이었다.

제12장 결혼

UNION BANK

상수는 다크 세븐의 하부 조직에 자금이 전달이 되는 방법을 은밀히 조사하고 있었다.

자금은 한 곳이 아니라, 여러 곳에서 인출이 되어 지급이 되고 있다는 보고를 받고 있었다.

한참 보고서를 보던 상수가 눈빛을 빛내며 요원을 보았다.

“여기에 있는 보고서의 내용을 보면 여러 곳에서 자금을 보내고 있는데 특이하게 한 곳만 현금으로 지급을 하고 있다는 것인가요?”

"예, 한 곳은 이상하게 현금으로 조달을 받고 있습니다."

그러면서 자신들이 조사를 한 내용을 그대로 말해주었는데 하부조직 중에 하나를 감시를 하는데 이놈들은 이상하게 전화를 받고 나가서는 가방을 들고 들어온다는 이야기였다.

물론 그 가방 안에는 현금이 들어 있었고 말이다.

그래서 가방을 전달해 주는 곳을 추적하려고 하였지만 아직 위치를 찾지 못하고 있었다.

또 한 가지는 가방을 택배로 받기도 한다는 것에 조금은 수상하다는 생각이 들었다.

"아무래도 다른 곳과는 조금 다른 방식으로 자금을 받는 것이 수상하네요. 다른 곳보다는 여기를 중점적으로 조사를 해보세요. 무언가 걸리는 것이 있을 겁니다. 그리고 현금 조달을 역으로 추적하는 것도 계속해 주세요. 이번에 놈들의 꼬리를 확실하게 잡아야 합니다."

"예, 저희도 현금으로 주고받는 것이 이상해서 최대한 조사를 하고 있는 중입니다. 조만간에 놈들의 흔적을 찾을 수가 있을 것이라고 생각합니다."

"그래요. 하지만 최대한 조심해야 합니다. 이번에 숨어버리면 더 이상 놈들을 찾을 방법이 없으니 말입니다."

"그렇게 하겠습니다, 국장님."

상수는 아직 한국으로 가지 못하고 러시아에 있는 이유가 바로 놈들을 확실하게 정리하기 위함이다.

하지만 상수의 생각대로 일이 되지는 않았는데 바로 한국에서 연락이 와서 상수는 결국 요원들에게 일을 지시하고 한국으로 돌아올 수밖에 없었다.

한국 지사에서 발주를 내기로 한 공사 때문에 한국 정부에서 상수를 찾았던 것이다.

다른 나라라면 직원이나 대리인을 세웠을 텐데 상수가 한국인이다 보니 대리인을 세우기도 애매했다.

그렇게 상수는 러시아에서의 일을 정리하고 바로 한국으로 돌아가게 되었다.

* * *

인천 공항에 도착한 상수와 캐서린, 그리고 상수를 경호하는 이들이 공항을 나오고 있었다.

입구에는 상수가 떠날 때 두었던 차량들이 있어 가는 길은 걱정이 없었다.

캐서린은 이제 한국 사람이 다 되었는지 한국으로 돌아오니 오히려 기분이 좋아진 것 같았다.

"캐서린은 한국에 오니 더 기분이 좋아진 것 같네?"

"호호호, 그렇게 보여요?"

"내가 보기에는 그렇게 보이네."

"아마 어머니를 뵐 수 있어서 그런 것 같아요. 그리고 어머니에게 드릴 선물 때문에 기분이 좋고요."

캐서린은 떠날 시간이 되었다고 하자 가장 먼저 어머니와 가족의 선물을 사자고 하였다.

상수는 생각지 못했던 부분이라 확실히 여자들이 그런 것에는 민감하게 반응한다는 것을 알게 되었다.

한국에 오기 전날, 상수는 캐서린을 따라 쇼핑을 하였는데 하루 종일 걸려서 앞으로는 절대 캐서린과는 쇼핑을 가지 않겠다는 마음을 가지게 만들었지만 말이다.

상수는 차를 타고 가장 먼저 어머니에게 갔다.

오늘은 집에서 시간을 보내고 캐서린과 결혼에 대한 이야기도 하려고 하였기 때문이다.

캐서린도 자신과 빠르게 결혼을 하고 싶어 하였기에 이참에 확실하게 정리를 하려고 하였다.

"어머니 저희 왔습니다."

"어서 오너라."

상수의 어머니는 상수와 캐서린을 아주 반갑게 맞이해 주었다.

상수의 어머니는 캐서린을 이제 며느리로 인정을 하는 것 같았다.

하기는 아들이 캐서린의 집에 가면 외박을 하는데 이상하게 생각지 않을 사람은 없을 것이다.

그리고 캐서린이 하는 것을 보면 상당히 잘하고 있어 외국인이라고는 하지만 부족하지 않다고 판단이 들어 요즘은 캐서린과도 아주 친하게 지내고 있었다.

거실에 앉은 상수는 어머니와 캐서린을 보았는데 그 얼굴에 미소가 가득 담겨 있는 것이 참 보기 좋다는 생각을 하고 있었다.

'오늘 결혼에 대한 이야기를 하려고 하였는데 시기가 적당한 것 같네.'

상수가 그렇게 생각하고 있을 때 캐서린은 사온 선물을 꺼내고 있었다.

"여기, 어머니 선물이에요. 제가 골랐는데 마음에 드실지 모르겠네요."

캐서린은 아직 한국말을 확실하게는 못하지만 이제는 어느 정도는 자신의 의사를 표현할 수가 있는 정도는 되었다.

"어머, 정말이니?"

상수의 어머니는 캐서린이 직접 골랐다는 말에 조금 놀

라는 눈빛을 하며 선물을 받았다.

"어머니, 선물은 받은 다음에 바로 개봉을 해야 좋데요."

상수의 말에 어머니는 흐뭇한 미소를 지으며 바로 선물을 뜯어보았다.

그 안에는 캐서린이 준비한 반지와 목걸이 세트가 있었다.

상수의 어머니는 평생을 이런 보석을 가지고 싶었지만 능력이 되지 않아 사지 못했는데 이런 고급스러운 보석을 선물 받으니 여자로서 눈이 즐거움을 느끼게 되었다.

"어머. 이거 보석이 아니니? 정말 예쁘다."

상수의 어머니도 다른 여자와 마찬가지로 보석을 보니 눈이 놀람이 서려 있었다.

상수는 그런 어머니를 보고는 순간 자신은 저런 것을 사드릴 생각도 하지 못했다는 생각이 들어 조금은 미안한 마음이 들었다.

사실상 그 정도는 자신도 충분히 능력이 되었지만 생각을 못하고 있었다.

'나중에는 보석 종류를 여러 가지로 사드려야겠다. 저렇게 좋아하시는데 어머니도 여자라는 것을 생각지 못한 내 실수네.'

상수는 내심 그렇게 생각하며 다음에는 더욱 잘해야겠다는 생각을 하게 되었다.

그러면서 그런 기특한 생각을 한 캐서린이 아주 사랑스럽게 느껴지게 되었고 말이다.

캐서린은 한국에 와서 오로지 자신과 대화를 하고 싶어 한국말을 배우고 있었다.

결국 상수 하나를 믿고 한국에 온 것이라는 말이었다.

"어머니, 이거 한번 걸어 보세요. 아주 잘 어울리실 거예요."

캐서린은 상수의 어머니에게 목걸이를 걸어주려고 하였다.

어머니는 하고 싶은 눈빛을 하면서도 조금은 쑥스러워 하시고 계셨다.

약간의 시간이 지나자 상수는 지금이 가장 분위기가 적당하다는 생각이 들어 결혼에 대한 이야기도 하려고 하였다.

"저기… 어머니, 이제 캐서린도 한국말을 어느 정도는 가능하니 결혼을 하였으면 합니다."

상수의 말에 어머니와 캐서린은 모두 놀란 얼굴을 하였다.

특히 캐서린의 얼굴에는 놀람과 감격의 눈빛을 하며 상

수를 보았다.

상수와 결혼할 것이라는 생각은 하고 있었지만 이렇게 급작스럽게 이야기를 할지는 생각지 못했기 때문이다.

약간의 시간이 흐르자 어머니가 서서히 입을 열었다.

"오늘 결혼에 대한 이야기를 하는 것을 보니 그동안 많은 생각을 했나 보구나. 그래, 이제 너희도 결혼을 해야겠지. 나는 허락을 하마."

어머니가 결혼을 허락한다는 말을 하자 캐서린은 감격의 눈물을 흘렸다.

이상하게 상수가 하는 말과는 느낌이 다르게 가슴이 떨리는 기분에 자신도 모르게 눈물을 흘리고 말았다.

상수의 어머니는 그런 캐서린을 보며 가볍게 어깨를 감싸주었다.

"그동안 마음고생 많았다. 이제는 며느리지만 지금처럼 우리 웃으면서 살자구나."

"흑흑. 예, 어머니."

캐서린은 그런 어머니의 자상한 말에 눈물을 흘리며 대답을 했다.

"그러면 미국에 연락을 하여 날짜를 잡아 보겠습니다. 어머니."

"그렇게 해라."

어머니의 말에 상수는 빠르게 결혼 준비를 해야겠다는 생각을 하였다.

그리고 가장 중요한 것이 가족이 한곳에 있게 되어 경호원들도 조금은 수월하게 경호를 할 수가 있다는 생각도 들었다.

그동안 어머니와 캐서린이 따로 살면서 경호를 하는 문제가 있었는데 이제는 그렇게 하지 않아도 되었기 때문이다.

상수가 가장 걱정을 하는 것이 바로 가족이었고 그런 가족에 대한 경호는 최대한 신경을 쓰고 있는 문제였다.

* * *

한국에 돌아온 상수는 여러 가지의 일로 매우 바쁘게 생활하게 되었다.

우선은 정부의 인물을 만나 공사를 하는 것에 대한 이야기를 하였다.

다른 나라의 인물들도 만나 공사 상황에 대한 조율을 해야 했기 때문이다.

대한민국에서 가장 바쁜 이는 아마도 상수일지도 모

른다는 말이 돌 정도로 상수는 바쁜 일상을 보내고 있었다.

특히 친구들에게 캐서린과 결혼에 대한 이야기를 하였다.

상수는 앞으로 어머니와 캐서린이 함께 살 집도 준비를 해야 했다.

상수가 가장 신경을 쓰고 있는 것이 바로 결혼집이었다.

경호원들도 같이 생활할 수 있는 그런 저택을 원하고 있어 문제였다.

"아직도 정하지 않은 거냐?"

"원하는 집이 없어서 그렇지."

"야! 결혼하면서 뭘 그렇게 큰 집을 찾는 거냐? 그냥 남들처럼 평범하게 적당히 살면 되지."

상수의 친구인 지성이 고함을 질렀다.

지성은 지금 솔직히 약간 배가 아파서 그런 것이다.

"크크크, 너 솔직히 말해서 내가 이러고 있으니 배가 아프지, 그치?"

상수는 지성의 성격을 알기 때문에 지금 저러는 이유를 알았다.

"이 자식이, 남들이 배가 아픈지 알면 적당히 해야지."

"하하하, 그래, 알았으니 그만하자. 내일까지 알아보고 없으면 주변에서 적당한 것으로 할게."

이제는 기업도 어느 정도 커졌기에 상수가 조금 욕심을 부려도 문제가 없었지만 지성은 아직도 힘들고 배고플 때를 생각하고 있었다.

지성과 상수가 그런 대화를 하고 있을 때 상수의 핸드폰이 울렸다.

"여보세요?"

—국장님, 드디어 놈들의 꼬리를 잡았습니다.

상수는 다크 세븐의 꼬리를 잡았다는 보고에 마음이 흥분이 되었다.

하지만 친구인 지성 때문에 자세한 이야기는 할 수가 없었다.

"그러면 나중에 내가 다시 연락을 할게요. 자세한 상황을 파악만 해주세요."

—알겠습니다, 국장님.

요원들도 상수가 지금 누군가 옆에 있어 그렇게 이야기를 한다는 것을 눈치채고 금방 끊어주었다.

"어디야?"

"아니야, 러시아에 새로운 입찰이 있는지 확인하는 것이라 그래."

상수는 자세한 이야기를 할 수가 없어 하는 소리였다.

지성이 그런 일까지 알 필요는 없었기 때문이다.

러시아의 일에 대해서는 지성은 관계가 없었다.

이는 엄청난 금액이 움직이는 입찰이었고 가장 핵심적으로 마피아와 연관이 되는 일이기 때문에 이는 상수가 직접 처리를 하기로 하였기 때문이다.

상수는 지성이 마피아와 관련이 되는 것을 바라지 않고 있었다.

마피아와 관계를 가지게 되면 자신은 모르지만 지성은 그렇게 좋지 않다고 판단이 들어서였다.

상수는 지성을 내보내고 바로 연락을 하였다.

"놈들의 꼬리를 잡았다고요?"

—예, 거기 현금을 받던 곳을 중점적으로 주시를 하고 있었는데 드디어 그 꼬리를 잡을 수가 있었습니다.

"그러면 꼬리가 움직인 곳은 어디입니까?"

—이탈리아였습니다.

상수는 이탈리아라는 말에 흥분을 하기 시작했다.

하지만 지금은 흥분을 한다고 해서 해결되는 것이 아니라고 판단하였다.

놈들의 꼬리를 잡았지만 아직 놈들의 위치를 찾은 것은 아니었기 때문이다.

"그러면 놈들이 이탈리아에서 보낸 자금이 어디인지를 추적해 보세요. 모두 같은 계좌라면 그 계좌를 추적해 보세요."

—아, 알겠습니다. 계좌에 대한 추적을 해보겠습니다, 국장님.

놈들이 사용하는 계좌이니 아마도 상당한 자금이 있을 것이다.

그런 계좌를 자신의 명의로 사용하지는 않겠지만 아는 사람일 수도 있다는 생각이 들어서였다.

상수의 지시로 인해 요원들은 아주 바쁘게 다크 세븐에 대한 추적을 하였다.

상수는 지시를 내리고 나서는 다시 일상생활을 하였다.

"오늘 스케줄이 어떻게 되지요?"

"오늘은 3시에 상지건설의 이문식 사장과 약속이 되어 있습니다."

"흠, 오늘은 그렇게 특별한 약속은 없는 거네요?"

"예, 사장님."

상수는 오늘 약속은 하나밖에 없다는 소리에 고개를 끄덕이며 일을 보기 시작했다.

회사의 업무를 보며 상수는 한편으로는 다크 세븐에 대

한 생각을 하고 있었다.

이번에 저들을 확실하게 정리를 하였으면 하는 생각이 간절했기 때문이다.

적을 두고 방심을 하면 반드시 크게 후회를 한다는 것이 상수의 판단이었기 때문에 절대로 방심을 하지 않고 있었다.

'가만 오늘 캐서린과 집을 보러 간다고 한 것 같은데 전화를 해봐야겠네.'

상수는 어제 캐서린과 한 약속이 생각이 나서 바로 전화를 걸었다.

—여보세요?

"캐서린, 집에 있는 거야?"

—오후에 가신다고 해서 아직 집에 있었어요.

"그러면 오후 6시에 회사로 오면 되겠다. 그때 편하게 가서 구경을 하면 좋으니 말이야."

—그렇게 할게요.

캐서린은 상수가 하는 말에 따라 바로 대답을 하였다.

상수는 집 구경을 하면서 캐서린과 데이트를 하려고 하였다.

한국에 와서 데이트하는 시간을 많이 가지지 않았다는 생각이 들어 요즘은 시간이 나면 함께 구경을 가려고 하는 중이었다.

물론 한국에 도착을 하면서 시간이 없어 그렇게 되지 않아서 문제이기는 했지만 말이다.

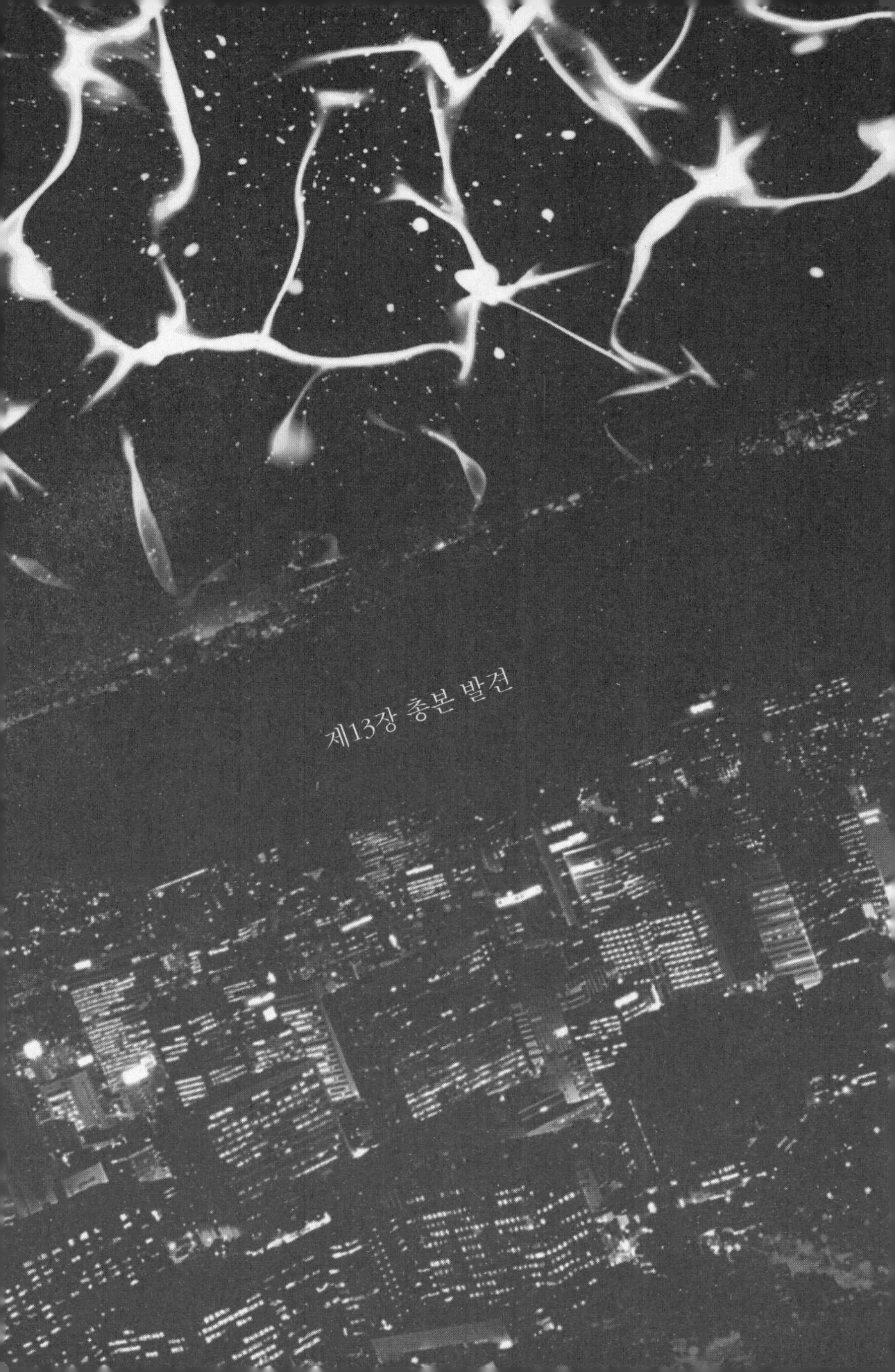

제13장 총본 발견

UNION BANK

상지건설의 이문식 사장은 오늘 상수와 만남에 상당히 신경을 쓰고 있었다.

코리아 시티는 비록 한국인이 러시아 회사를 운영하고는 있지만 그 자금력이 엄청나기 때문에 아무리 대기업이라고 해도 감히 건드리지 못하는 업체였다.

더구나 이번 공사만 있는 것이 아니라 앞으로도 상당한 공사를 지속적으로 할 수 있는 업체였다.

때문에 그 첫 단추라고 할 수 있는 이번 거래가 신경 쓰일 수밖에 없었다.

좋은 관계를 유지해 앞으로 계속 하청을 받기라도 하면 회사에 상당히 도움이 되기 때문이다.

물론 상지건설도 꽤 건실한 중견업체이기는 하다. 하지만 실질적인 자금의 규모만 해도 코리아 시티와는 비교가 되지 않았기에 스스로 머리를 숙이고 있었다.

"사장님, 도착했습니다."

"그냥 저녁에 술이나 한잔하면서 이야기를 하면 좋겠는데 말이야."

우리나라 건설업체의 대부분은 저녁 술자리를 통해 업무가 이루어지는 경우가 많다. 일종의 관례가 되어 있는 것이다.

하지만 코리아 시티에서는 그런 접대를 그리 달갑게 생각지 않아서인 술을 마시는 것보다는 식사를 선호했다. 때문에 이들에게는 조금 생소한 느낌을 주고 있었다.

"지금은 우리가 숙이고 들어가야 하니 어쩔 수 없습니다. 사장님."

"그래, 우리도 언제까지 이렇게 있지는 않을 거니까."

이문식 사장은 나름 꿈을 가지고 있는 사람이었다.

해외 공사를 해보려고 지금까지 많은 노력을 하였지만 자본금이 약하다는 이유로 무시를 당했는데 이번에 코리아 시티에서는 자신이 가지고 있는 기술력을 인정해 준 것이다.

그래서 이렇게 중견기업인 상지건설이 이 자리에 온 것이다.

때문에 이번 기회에 조금이라도 더 많은 공사를 하려고 찾아오게 된 것이었다.

상수는 대기업만이 아닌, 한국의 이런 우수한 중견업체들에게도 최대한 많은 혜택이 가도록 방침을 세우고 있었다.

하지만 그렇다고 모든 업체에게 그런 혜택을 줄 수는 없는 일이었다. 공사를 제대로 시행하기 위해서는 그에 따른 기술력이 필수였기 때문에 그중 기술력이 있고 발전 가능성이 있는 업체에만 공사를 주고 있었다.

이들로서도 대기업으로부터 재하청을 받는 것이 아니기 때문에 실질적인 공사비에 버는 금액이 상당한 차액이 생겨서 이렇게 조금이라도 더 많은 공사를 하려는 것이다.

"사장님, 상지건설에서 찾아왔습니다."

"알았어요."

보통 이런 미팅에 상수가 일일이 참여할 필요는 없다.

하지만 상수가 굳이 한국의 업체만은 직접 얼굴을 보겠다고 해서 이런 자리를 마련한 것이기도 했다.

상수는 곧 상지건설 쪽 사람들과 인사를 나누었고, 상지건설에서 하는 공사에 대한 설명을 들었다.

다른 업체와는 조금 다르게 아주 세밀하게 해주어 상수도 아주 흡족한 기분이 들었다.

“아주 좋습니다. 그동안 공사를 많이 해보신 것 같아 나름 노하우도 있어 보이고 말입니다.”

“감사합니다. 저희가 회사는 작아도 기술력만큼은 인정을 받고 있습니다. 사장님.”

“그렇게 보입니다.”

“그래서 이번 공사에 저희 회사에 조금 더 많은 부분을 할당해 주셨으면 합니다. 물론 기한 안에 소화할 수 있어서 드리는 말입니다.”

이문식 사장이 하는 말에 상수는 조금 고민을 하며 지성을 보았다.

그런데 지성도 상지건설의 설명을 듣고는 다른 업체보다는 기술력이 좋다고 판단을 하고 있었는지 입을 열었다.

“제가 보기에 다른 업체보다는 기술력이 우수해 보이는데 조금 더 주셨으면 좋겠습니다.”

오늘은 리처드 부사장이 없어서 참석을 하지 못했기에 상수는 지성의 의견을 무시할 수는 없었다.

"흠, 그러면 관련 부서와 한번 이야기를 해보고 상지건설에 통보해 주세요."

상수는 그렇게 말을 하고는 자리에서 일어섰다.

"감사합니다. 사장님."

상지건설에서는 상수의 대답에 기쁨에 찬 음성으로 감사의 인사를 하였다.

이번에 상지는 나름 사활을 걸고 공사에 임하고 있었기에 그런 자신들에게 상수의 말은 엄청난 행운을 주는 것이었다.

상수는 그런 사실은 모르고 무심코 지시를 하였지만 그로 인해 상지건설에서는 두고두고 상수를 아주 고맙게 생각하게 되었다.

*　　*　　*

한편 다크 세븐의 꼬리를 잡은 요원들은 이탈리아에서 자금을 이체한 곳을 찾았고 은밀하게 누구의 계좌인지를 추적하게 되었다.

"팀장님, 계좌의 주인은 프렌케스코라는 인물인데 문제는 그자에 대한 신상만 남아 있지 어디에 있는지는 찾을 수가 없었습니다."

"흠, 그렇게 예상은 하고 있었네. 그러면 은행의 지점은 어디에서 보낸 것인가?"

"지점은 동일한 곳이었습니다. 그리고 그 통장에 상당한 자금이 있는 것도 파악을 했습니다. 가지고 온 서류를 보시면 될 겁니다."

계좌의 주인은 없지만 지점은 찾았기에 어느 정도는 놈들에게 더 접근을 하고 있었다.

"우선 그 계좌를 세부적으로 조사해서 어디에서 입금이 되는지 알아보고 그 입금지도 마찬가지로 조사를 해봐. 그러면 무언가 단서가 나올지도 모르니 말이야."

"예, 처음으로 잡은 단서인데 놓칠 수는 없는 일이니 철저하고 은밀히 조사하겠습니다."

"그렇게 해야 국장님에게 보고라도 하지 아무 건덕지도 없는 보고를 하려니 나도 민망해서 말이야."

팀장은 매일 보고를 하지만 별 볼 일도 없는 것으로 하려니 미안한 생각이 들어 하는 소리였다.

이는 다른 요원들도 마찬가지였고 말이다.

하지만 끈덕지게 추적을 해서 이제 조금은 실마리를 찾았기에 이들은 더욱 분발을 하고 있었다.

그간 감쪽같았던 다크 세븐의 꼬리는 그렇게 조금씩 윤각을 잡아가니 흔적이 보이기 시작했고 요원들도 덩달아신이 나서 일을 할 수가 있게 되었다.

상수는 요원들이 고생을 하는 것을 모르고 캐서린과 함께 집을 구경하고 있었다.

단독 주택이었는데 제법 평수도 있어 생활에 불편함은 없어 보였다.

"여기는 어때?"

"아파트보다는 좋은 것 같아요. 안도 구경해요."

"그렇게 하자."

캐서린은 상수와 결혼을 해서 살 집이라고 생각하니 아주 꼼꼼하게 집을 구경하며 살피고 있었다.

가슴이 설레기는 했지만 그래도 평생 살아야 하는 집이라고 생각하고는 작은 것도 놓치지 않으려는 생각에서였다.

상수는 그런 캐서린을 아주 흐뭇한 미소를 지으며 보고 있었다.

집안 살림이야 당연히 여자가 책임을 져야 한다고 생각하고 있어 살림에 대해서는 간섭을 하지 않을 생각이었다.

자신은 나가서 하는 일만 해도 고민거리가 많았기에 집에 관한 것은 웬만한 일이 아니면 거의 터치를 하지 않으려고 하였다.

그렇게 집은 캐서린과 함께 상의하여 결정하였다.

상수는 살 집을 계약하면서 그 옆집도 함께 계약을 하였는데 이는 경호원들이 있기 때문이었다.

이들도 숙소가 있어야 했는데 멀리 떨어지지 않고 바로 옆집에 있으니 상수의 입장에서는 아주 좋았기에 바로 계약을 하게 된 것이다.

"상수 씨, 경호원 때문에 옆집까지 계약을 한 것은 조금 무리이지 않아요?"

"아니야. 이제 회사가 커지면 더 힘들어지게 되는데 경호원도 많아지게 될 거야. 그러니 캐서린도 천천히 적응하면 될 거야."

상수는 다크 세븐의 문제도 있지만 혹시 모를 다른 곳에 대한 문제도 사전에 대처하고 싶었다.

지금 상수네 식구를 경호하는 이들은 대부분이 러시아 마피아에서 보내준 이들이었는데 상당한 실력을 가진 이들만 골라 보냈기에 경호를 하는 것에는 그리 문제가 되지 않았다.

하지만 언제까지 가족의 경호를 이들에게 의지할 수는 없는 일이었다. 그래서 천천히 한국인으로 바꾸려고 하고 있었다.

현재 멀리서 하는 경호는 러시아의 경호원들이 하고 주

변에는 한국인 경호원들이 하기로 하였기에 아직까지는 크게 문제가 없었다.

"알았어요. 그런데 시장을 가는데 경호원과 함께 가면 남들이 이상하게 봐서 조금 그래요."

캐서린은 마트에 가는 길에도 경호원들이 같이 움직이니 조금 불편한 모양이었다.

"캐서린, 이제부터 새로운 집에는 주방에 아주머니를 고용할 생각이니 그런 일은 모두 아주머니에게 하라고 하고 캐서린과 어머니는 취미 생활을 배우는 것이 어때?"

상수는 캐서린과 어머니가 다른 취미 생활을 배우면서 새로운 생활에 익숙해지기를 바라고 있었다.

사실 캐서린은 그런 상류층의 생활을 눈으로 보았기에 금방 적응을 할 수 있지만 어머니는 평생을 고생만 하셨기에 그런 생활에 바로 적응하지 못할 것이라는 생각이 들었다. 그래서 캐서린이 그런 어머니의 옆에서 같이해 주었으면 했다.

캐서린도 바보가 아니기에 상수가 하는 말의 의미를 금방 알아들었다.

"상수 씨가 원하면 그렇게 할게요."

"고마워, 캐서린."

둘은 그렇게 다정하게 대화를 나누며 데이트를 즐겼다.

* * *

다크 세븐의 꼬리를 추적하던 요원들에게 드디어 놈들을 찾았다는 연락이 왔다.

—국장님, 놈들의 꼬리를 추적하여 총본을 찾았습니다.

상수는 총본을 찾았다는 말에 내심 흥분을 참으려고 노력을 하였다.

"잘했습니다. 아직 놈들에게 우리에 대한 정보가 없을 것이니 우리에 대해 파악하기 전에 최대한 빨리 총본에 대해 조사해 주세요. 앞으로 삼 일 안에 공격할 생각이니 이에 대한 준비를 철저하게 해주세요. 특히 총본에 있는 무력단체에 대한 조사를 철저하게 해야 할 겁니다. 그래야 우리의 피해를 줄일 수가 있으니 말입니다."

—알겠습니다. 철저하게 파보겠습니다.

"그렇다고 저들에게 우리가 조사를 하고 있다는 것을 알게 해서는 안 됩니다. 놈들도 정보를 모으는 단체라 눈치가 보통은 아닐 겁니다. 최대한 조심을 해서 들키지 않아야 합니다. 이게 가장 중요한 부분이라는 것을 명심하세요."

—예, 그렇게 하겠습니다. 국장님.

다크 세븐에 대한 추적을 드디어 마무리할 수가 있게 되어 상수는 마음을 놓을 수가 있었다.

그리고 보고서를 보며 놈들이 지금 하부 조직을 정비하기 위해 상당히 노력을 하고 있다는 것을 알 수가 있었다.

아직 저들의 무력에 대해서는 보고가 되지 않았지만 아무리 강한 무력대를 데리고 있어도 자신이 함께 작전을 하면 충분히 놈들의 뿌리를 뽑을 수 있다는 자신감을 가지고 있는 상수였다.

상수는 놈들에 대한 정리를 하기 위해 서둘러 회사의 업무를 정리하였고 삼 일의 시간이 지나자 바로 출장을 핑계로 이탈리아로 갈 수가 있었다.

물론 이번에는 캐서린은 두고 혼자 가는 출장이었다.

"어서 오십시오. 국장님."

이탈리아에 있는 요원들이 마중을 나와 정중하게 인사를 하였다.

"자, 여기서 인사는 대강하고 이동을 합시다."

상수는 남들의 눈을 생각하여 조용히 이동할 것을 지시했다.

차량에 타고 이동을 하면서 옆에 있는 30 후반의 요원이 설명을 해주었다.

"국장님, 지금 러시아의 마피아에서도 별동대가 도착해

있습니다. 그동안 우리 요원들도 이곳으로 은밀하게 모여 지금 총 32명이 모여 있습니다."

상수는 이번 작전에 아주 베테랑들만 골라 작전을 할 것이라고 하여 요원들도 가장 실력이 좋은 이들만 골라 이번 배치를 하게 하였다.

물론 러시아에 있는 바트얀에게도 연락을 했다. 그러니 마피아의 별동대가 도착한 것이다.

사실 바트얀은 자신이 직접 오기를 원했지만 상수가 겨우 말려 별동대만 온 것이었다. 그렇다 보니 그 인원만 해도 30명이나 되었고 실력은 더욱 대단했다.

"그러면 나까지 해서 모두 63명이네요?"

"그렇습니다. 저들이 있는 곳에는 무력을 가지고 있는 이들이 30명 정도밖에 없으니 크게 문제는 없을 것 같습니다."

"저들이 가지고 있는 총기는 어떤가요?"

"아직 확실하게 파악하지는 못했지만 최대 기관총까지는 보유하고 있다고 생각이 듭니다."

상수는 놈들이 가지고 있는 무기를 생각하고 요원들과 별동대에게 모두 방탄복을 입으라고 해야겠다는 생각을 하였다.

한 명이라도 죽게 만들고 싶지 않아서였다.

상수는 그렇게 작전을 생각하며 이동을 했다. 그리고 요원들이 모여 있는 곳에 도착을 하였다.

상수가 도착하자 러시아의 별동대와 요원들이 긴장을 하며 인사를 하였다.

오늘 전투에서 죽을 수도 있다는 것을 이들도 알고 있었다.

상수는 개인적으로 인사를 할 수는 없었기에 전부 모인 상태에서 이야기를 했다.

"모두 이렇게 만나게 되어 반갑습니다. 오늘 여기에 모이게 된 이유는 여러분들도 모두 아시고 계시니 더 이상 말은 하지 않겠습니다. 이번 작전을 성공하면 이제 전 세계에서 지탄을 받던 다크 세븐이라는 조직은 영원히 사라지게 될 것이라고 본인은 생각합니다. 그들이 사라지면 조직에도 도움이 되고 각국에서도 환영을 할 것이라고 믿습니다. 여러분은 지금 하시는 일이 당장은 환영을 받지 못하겠지만 여러분의 가슴속에는 영광스럽게 남아 있을 것이라고 생각합니다. 작전은 내일 저녁에 시작하니 모두 최대한 자신의 몸을 유지하기 바랍니다."

상수의 말을 마치자 요원들과 별동대는 아무런 함성을 지르지 못하고 있었다.

소란스럽게 할 수도 없었지만 자신들이 하는 일이 죽음

을 담보로 하는 일이기 때문에 함성을 지르지도 않았다.

상수는 모두에게 그렇게 말을 하고는 자신의 방으로 갔다.

"별동대의 팀장들과 각 요원의 팀장들을 오라고 하세요."

상수의 비서로 있는 요원에게 지시를 하였다.

"알겠습니다. 국장님."

별동대는 모르지만 요원들은 상수가 엄청난 실력자라는 것을 알기에 상수와 함께 작전을 하면 죽지 않을 확률이 높다고 믿고 있었다.

실질적으로 상수와 작전을 한 팀은 부상자는 있어도 죽는 사람은 없었기 때문이다.

그렇다 보니 요원들 사이에서는 상수와 작전을 하면 불사신이 강림을 하여 자신들을 보호해 준다는 소문이 돌 정도였다.

물론 사실은 상수가 사전에 위험을 차단하는 것이었지만 이 사실을 모르는 요원들로서는 불사신 이야기를 하는 것이다.

약간의 시간이 지나자 각 팀장이 들어왔다.

"자리에 앉으세요."

"예, 보스."

"예, 국장님."

서로 다른 대답이기는 했지만 그렇다고 감정을 가지고 있는 것은 아니었다.

이미 전에 이런 작전을 하였다는 동질감이 이들에게 약간은 동료라는 생각을 주고 있어서였다.

상수는 각 팀장을 보며 조용히 입을 열었다.

"내일 작전에 임하기 전에 최종적으로 점검하기 위해 불렀습니다."

상수는 긴장된 모습을 하고 있는 마피아와 요원들을 둘러 보고는 다시 말을 이었다.

"놈들이 가지고 있는 무기는 최대 기관총으로 보인다고 합니다. 하지만 수류탄을 가지고 있을 수도 있다고 생각을 하시기 바랍니다. 그리고 놈들이 있는 건물에는 출입구가 총 몇 개인가요?"

상수의 질문에 요원이 먼저 대답을 했다.

"총본이 있는 건물에는 두 개의 출입구가 있습니다. 하지만 비상시에 사용하는 지하에 다른 통로가 있을 것이라고 생각합니다."

"그러면 아직 비상구는 발견을 하지 못한 건가요?"

"예, 아직 놈들이 비상시에 사용하는 통로는 찾지 못했습니다."

상수는 그 말에 조금 생각을 하게 되었다.

아마도 전투가 발생이 되면 총본에 있는 높은 놈은 도망을 갈 수가 있었기에 사전에 그런 놈을 잡지 못하면 이는 오늘 작전에 커다란 오점이 될 것이라는 생각이 들어서였다.

"지상에서는 발견되지 않았다는 건… 지하에 있다는 말인데… 방법이 없으니 어쩔 수 없네요. 내일 작전을 하면서 최대한 빠르게 정리를 하는 수밖에요."

"저희도 그렇게 생각합니다. 그래서 지하로 가는 팀을 따로 만들었으면 합니다. 가장 먼저 지하로 팀을 보내면 놈들도 도망을 가지 못할 것이라고 보입니다."

"아직 총본의 보스라는 자가 누구인지는 파악을 하지 못했나요?"

"예, 총본으로 오가는 차량들은 수시로 바뀌기 때문에 그런지 아직 얼굴을 파악하지 못했습니다."

요원들은 그동안 총본에서 이동을 하는 인물들의 얼굴을 모두 파악을 해두었지만 정작 그중에서 누가 보스인지는 파악하지 못하고 있었다.

그리고 실질적으로 그들 중에 보스가 있는지도 솔직히 자신을 하지 못했고 말이다.

상수는 보스라는 자가 제법 머리를 쓰고 있다는 생각이

들었다.

“그러면 다른 곳으로 움직이는 이들 중에 혹시 의심이 가는 장소는 없었나요?”

“아직 시간이 부족해서 거기까지는 조사를 하지 못했습니다. 국장님.”

“흠, 그러면 보스라는 놈이 다른 곳에 있을 수도 있다는 이야기네요?”

“장담은 하지 못하지만 그럴 수도 있다고 판단이 듭니다.”

상수는 보스를 놓쳤을 때를 생각해 보았다.

놈들의 보스가 개인으로 남아 있을 때 과연 얼마나 힘을 사용할지를 모르지만 지금의 기반을 무너뜨려도 상당한 세월동안 회복에 힘써야 하기에 사실상 무너진 것이라고 해도 과언이 아니라는 생각이 들었다.

하지만 내심 걱정이 되는 것이 있었는데 바로 자금이었다.

자금이 없는 보스라면 문제가 되지 않지만 놈들이 만약 상당한 자금을 별도의 장소에 축척하고 있다면 이야기는 달라지기 때문이다.

‘음, 그러면 보스가 과연 얼마나 많은 자금을 가지고 있는지가 문제라는 거네.’

이들이 차명계좌로 자금 관리를 할 수도 있을 것이고 아니면 비밀은행에 계좌를 두고 관리를 할 수도 있다는 생각이 들었기에 상수의 고민이 깊어지고 있었다.

상수는 자신의 생각이 깊어지자 이대로 있으면 요원들과 별동대의 사기에도 문제가 생길 수가 있다는 판단이 들자 바로 생각을 접었다.

"놈들의 보스가 살아남는다고 해도 개인이 할 수 있는 일은 그리 많지 않다고 생각합니다. 혼자 남아 복수를 하고 싶기는 하겠지만 과연 개인이 복수를 할 수 있을까요? 그런 정보를 원한다고 얻을 수 있다면 이야기가 달라지겠지만 이번에 참여를 하는 이들이 입을 닫아준다면 그런 정보는 영원히 모르겠지요. 무슨 말인지 알겠지요?"

상수의 말에 팀장들은 바로 말을 알아들었다.

"걱정하지 마십시오. 우리는 영원히 입을 닫고 살겠습니다."

요원들은 평소에도 항상 이런 보안에 대한 교육을 받고 있었기에 바로 대답을 하였다.

그러자 옆에 있던 별동대 팀장들도 대답을 하였다.

"저희도 마찬가지로 영원히 입을 닫아 두겠습니다."

별동대는 이번에 이탈리에에 오면서 상수를 보스로 여기고 그의 명령에 충실히 따르라는 지시를 받고 왔다.

그러기에 상수의 말을 따르지 않을 수가 없었다.

그만큼 마피아의 별동대는 목숨을 걸고 하는 일이 많았기에 이들도 평소에는 입이 무거운 자들로 채워져 있었다.

상수는 대답을 듣고는 조금 안심이 되었는데 이는 가족의 안위 때문이었다.

만약 자신이 지휘를 하였다는 사실을 알게 되면 자신만 노릴 수도 있다는 생각이 들었기에 미리 이들의 입을 단속하고 있었다.

이제 결혼도 하고 조금 행복이라는 것을 알아 가야 하는 시기인데 상수로서는 날벼락을 맞고 싶지는 않았다.

제14장 다크 세븐의 몰락, 블랙 타이거

UNION BANK

상수의 지시에 따라 그날 저녁 총본에 대한 공격이 시작이 되었다.

별동대는 사전에 협의한 대로 뒷문으로 습격하였고 상수와 요원들은 정문을 공격하게 되었다.

물론 요원들 중에 한 팀은 정문을 통과하면 바로 지하로 가라는 지시를 받았다.

상수도 지하로 가고 싶었지만 남아 있는 이들이 상당했기 때문에 자신이 지하로 가는 것보다는 주공격을 지휘하는 것이 이들의 안전을 지키기에는 더 좋다고 판단이 들어 결국 공격팀을 이끌게 되었다.

상수와 공격조는 모두 소음기를 사용하고 있었다.

“내가 가장 먼저 정문을 돌파하고 손으로 신호를 하면 2선이 들어온다.”

상수는 그렇게 지시를 하고는 빠르게 정문이 있는 방향으로 몸을 날렸다.

의외로 정문에는 사람이 없었다.

단지 무인 카메라만이 돌아가고 있을 뿐이었다.

상수가 보기에 놈들은 카메라를 통해 상황실에서 보고 있는 것으로 파악이 되었다.

때문에 건물 내부는 몰라도 외부에 있는 카메라는 사전에 파악을 해서 공격 개시와 동시에 모두 박살을 내버렸다.

상수는 바로 정문을 통과하여 적들이 있는지 기감을 펼치기 시작했다.

상수의 예상대로 놈들은 적이 공격한다는 것을 이미 감지하였는지 건물 안에서는 이내 소란스러운 소리가 들렸다.

상수가 정문을 열고 안으로 들어가니 안에는 사람들이 보이지 않는 것을 보고 놈들도 자신들을 기다리고 있다고 판단이 들었다.

그래서 제일 먼저 손으로 신호를 보내면서 명령을 내렸다.

"모두 침투를 한다. 놈들은 우리가 공격한다는 사실을 알고 있는 것 같다. 각자 최대한 몸을 조심하기 바란다. 앞으로는 이미 내려진 대로 각 팀장이 지시를 내리고 바로 작전대로 움직여라."

요원들은 3개 팀으로 나누어서 움직이는데 3팀은 지하로 가게 되었고 나머지 한 개 팀은 상수가 직접 데리고 움직이기로 했고 한 개 팀은 따로 움직이기로 하였다.

"알겠습니다."

작전의 지시대로 요원들은 빠르게 안으로 잠입을 하였고 바로 작전대로 움직이기 시작했다.

상수는 상황실을 장악하기 위해서 우선 적을 먼저 잡아야겠다는 생각을 하였다.

놈들의 상황실을 가장 먼저 제압을 해야 피해가 없을 것이기 때문이었다.

상수는 팀들이 들어오자 바로 2층으로 이동하면서 기감을 펼치기 시작했다.

하지만 2층에서는 사람의 기척을 발견할 수가 없었다.

"……!"

그 위인 3층에서 기감이 느껴졌다.

아마도 3층에서 놈들은 대기를 하는 모양이었다.

5층 건물이기에 그리 높지는 않았지만 제법 많은 이를 느낄 수 있었다.

그리고 지하에 있는 자들에 대한 기감을 펼치니 지하에는 세 명의 인물만 있어 요원들이 가도 크게 피해를 입지 않아도 되겠다는 생각에 안심이 되기는 했다.

물론 이는 상수가 개인적으로 내린 판단이었다. 자신의 능력이었기에 정확하게 말을 할 수는 없어도 어느 정도 지시는 내릴 수가 있었다.

"지하에는 많은 이가 매복을 하지 않은 것 같지만 조심하기 바란다."

"알겠습니다."

그렇게 상수는 바로 2층을 지나 3층으로 이동을 하였다.

그런 상수의 거침없는 이동에 요원들과 별동대도 놀라고 있었다.

특히 별동대는 이번에 상수와는 처음으로 하는 작전이었기에 상수에 대한 이야기를 모르고 있었다.

물론 어느 정도 실력이 있다는 이야기는 들었지만 지금처럼 이렇게 과감하게 움직일 것이라고는 생각지 못했기 때문이다.

만약 적들이 2층에 숨어 있으면 자신들은 3층과 2층 양쪽에서 공격을 당하게 되기 때문이다.

"어……."

하지만 별동대의 팀장이 뭐라고 말을 하기도 전에 상수는 3층에 도착을 하였다.

그리고 본격적인 전투가 시작되었다. 상수 역시 3층에 있는 이들을 향해 총을 쏘았다.

이미 어디에 숨어 있는지를 아는데 망설일 필요가 없었다.

퓨슝! 퓨슝! 퓨슝!

"크악!"

"으악!"

"크윽!"

상수의 사격 실력은 아마도 세계 제일이라고 해도 무방할 정도로 엄청나다. 실력을 가지고 있었기에 거의 일발명중이었고 사망이었다.

상수는 가족을 위험하게 하는 이들은 죽어도 상관이 없다고 생각하는 사람이었기에 이들을 죽이는데 망설임이 없었다.

상수가 동료들이 숨어 있는 것을 어떻게 아는지는 모르지만 숨어 있어도 사격을 하여 죽이기 시작하자 가장 뒤에 있던 남자가 고함을 쳤다.

"대응 사격을 해라. 놈은 우리가 숨어 있는 것을 모두 파악하고 있는 것 같다."

그 말이 마치자 바로 놈들도 사격을 하기 시작했다.

타타타타타탕!

상당수의 인물들이 숨어 있어서 그런지 마치 기관총을 사용하는 소리가 들렸다.

상수는 놈들이 사격을 하는 것을 보면서 몸을 숨겼지만 그렇다고 완전하게 숨은 것은 아니었고 간간히 놈들에게 사격을 하고 있었다.

물론 상수의 총격으로 인해 놈들의 수는 점점 줄어들고 있었다.

상수는 3층에서 전투를 하면서 다른 층을 확인하기 위해 기감을 펼쳤는데 4층에는 적들이 없고 5층에는 10여 명 정도가 있는 것으로 파악이 되었다.

상수는 지금 3층에 있는 이들과 5층에 있는 이들을 모두 확인해 보니 죽은 자를 빼고 35명이 되었다.

상수에게 죽은 자들을 포함하면 적어도 50은 넘어 보였다.

"이대로 있다가는 시간만 끌고 좋지 않을 것 같으니 내가 먼저 5층으로 가야겠다."

상수는 3층을 정리하고 바로 5층으로 갈 생각을 하였고 양손에 총기를 들게 되었다.

상수는 탄창을 확인하고 빠르게 움직이기 시작했다.

퓨슝! 퓨슝! 퓨슝!

"아악!"

"으악!"

상수의 사격으로 인해 3층의 적들은 상당수 줄어들게 되었다.

상수는 시간이 없다고 판단을 하고는 더욱 빠르게 움직이며 놈들을 죽여 나갔다.

숨어서 사격을 하는 놈들과 전투를 하는 것이 상수에게는 맞지 않았기에 취한 조치였다.

하지만 이런 상수의 모습을 처음 보는 마피아들은 깜짝 놀랄 수밖에 없었다.

"저, 저… 보스 위험합니다!"

하지만 경고성은 점차 경악으로 바뀌었다.

그들이 보기에는 마치 총알을 피해가며 적을 상대하는 것으로 보였기 때문이다.

"미, 믿을 수 없어……."

하지만 옆에서 싸우고 있던 요원들은 상수의 이런 모습이 익숙한 듯 자신들의 싸움에 열중하고 있을 뿐이었다.

상수는 그렇게 마피아들의 경악과 요원들의 담담한 눈빛을 뒤로 한 채 최대한 빠르게 상황을 정리하였다.

상수가 그렇게 몸을 사리지 않고 공격을 하니 적들은 그런 상수를 당하지 못하고 모두 죽거나 부상을 당하고 말았다.

"요원들은 여기를 정리하고 위로 올라와라. 그리고 별동대는 지금 바로 건물의 외곽을 포위하며 누구도 나가지 못하고 하라."

"알겠습니다."

"예, 보스."

대답을 하는 마피아 별동대의 목소리에 절로 힘이 들어갔다.

상수의 활약 덕분에 이제는 상황이 역전되었다.

공격하는 인원이 더 많았기에 이제는 놈들이 나가지 못하게 하려고 하였다.

별동대는 오늘 작전에 잔득 경계를 하며 몸을 움직이고 있다가 내려진 명령에 빠르게 나가 외부를 포위하게 되었다.

사실 전투를 하며 죽을 수도 있다는 생각이 들어 나가는 모습은 정말 비호같이 빨랐지만 말이다.

상수는 바로 엘리베이터가 있는 곳으로 갔다.

문이 열리기 전에 상수는 가장 먼저 탄창을 확인하였다.

그리고 안에 총알이 얼마 없다는 것을 확인하자 가장 먼저 탄창부터 갈았다.

상수가 들고 있는 탄창은 모두 열 개였는데 벌써 네 개를 사용하였지만 5층에 있는 이들은 얼마 되지 않아 아직은 충분한 양이기는 했다.

상수는 엘리베이터가 멈추고 조심스럽게 문이 열리기를 기다렸다.

문이 열리자 상수는 바로 안을 확인하였고 혹시 모를 위험에 천장에도 누가 있는지를 확인하였지만 아무도 없다는 사실에 바로 타고는 5층을 눌렀다.

"우두머리는 5층에 모두 모여 있는 것 같은데 왜 도망갈 생각을 하지 않고 그냥 있는 거지?"

상수는 이미 총소리가 났기 때문에 놈들도 공격을 받고 있다는 사실을 알고 있을 것인데 도망갈 생각을 하지 않고 5층에 그대로 있는 것이 이해가 가지 않았다.

하지만 상수가 모르는 것이 있었는데 이 건물은 상수의 예상과는 달리 그냥 평범한 건물이었다.

때문에 따로 비상구도 없었고 출입구라고는 엘리베이터와 계단밖에는 없었다.

때문에 5층에 있던 이들은 상황을 보다가 항복할 것인지 아니면 저항할 것인지를 결정하려고 하고 있었다.

상수의 예상대로 5층에는 상황실이 있어서 카메라로 모든 상황을 보고 있는 중이었다.

"2층에 대기를 하던 무력조는 모두 죽거나 부상을 입었습니다. 그리고 공격을 하는 이들이 대략 60명 정도 되는 것으로 파악이 되었습니다. 지하로 10여 명이 내려가는 것을 보니 아마도 지하에 있는 비밀통로를 차단하려고 하는 것 같습니다. 이들은 전에 각 지부를 공격하였던 놈들과 동일인이라는 생각이 듭니다."

총본이라는 건물에는 다크 세븐의 보스는 없었고 보스에게 조언을 하던 남자가 지휘를 하고 있었다.

남자는 혹시 모를 위험에 대비를 하자는 이유로 자신이 전면에 나서 지휘를 하고 있었는데 오늘 아주 잘했다는 생각이 들었다.

"지금 상황을 보니 여기서 반격을 한다고 해도 우리는 무사하지 못할 것 같아 보이는데 어떻게 생각하는가?"

"놈들의 정체가 누군지는 모르지만 모두 철저한 훈련을 받은 정예들입니다. 이미 승산은 없다고 생각합니다. 나중을 위해서라도 항복을 하였으면 합니다."

5층에 남아 있는 이들은 대부분이 이번에 새롭게 뽑은

간부들이었는데 그런 간부들에게는 무력을 담당하는 이들과는 다르게 머리를 사용하는 놈들이라 그런지 담이 적었다.

"흠, 항복이라… 그런데… 우리가 항복을 하면 놈들이 받아줄까?"

"죽이지는 않을 거라고 생각합니다."

"알겠네. 자네가 나가서 놈들과 협상을 해보게."

"알겠습니다. 보스."

남자가 나가자 바로 핸드폰으로 어디론가 전화를 걸었다.

드드드.

—무슨 일인가?

"보스! 놈들이 여기를 찾아 공격을 받고 있습니다. 이미 무력대는 모두 죽었고 남아 있는 이들은 우리가 전부입니다."

—뭐라고? 아니 놈들이 거기를 어떻게 찾았단 말이냐?

"저도 아직 모르겠습니다. 혹시나 하는 생각에 보스가 아닌 제가 지휘를 하였기 때문에 보스에 대해서는 감출 수가 있을 것 같습니다."

보스는 남자가 하는 말에 고민이 되지 않을 수가 없었다.

남자는 자신의 모든 것을 알고 있는 유일한 존재였기 때문이다.

—내가 너를 믿을 수 있겠느냐?

"걱정 마십시오. 무슨 일이 있어도 발설하지 않겠습니다."

—알겠다. 죽지만 말고 기다려라.

보스의 말에 남자는 눈빛이 흐릿해지고 있었다.

아마도 이제는 더 이상 자신의 보스를 모실 수가 없다는 생각이 들어서인 것 같았다.

남자는 어린 시절부터 보스에게 키워진 존재였고 지금까지 보스를 충실하게 모시며 생활을 하였던 존재였다.

남자는 그런 보스를 마치 부모처럼 생각을 하고 있었기에 자신의 목숨보다도 소중하게 생각하고 있었다.

물론 아직까지 그런 내색을 하지 않았기에 보스도 그런 사실에 대해서는 모르고 있었지만 말이다.

* * *

5층에서 멈춘 엘리베이터의 문이 열렸지만 이상하게 적의 공격이 없어 상수는 이상하다는 생각이 들었다.

하지만 그렇다고 계속 천장에 있을 수는 없었기에 몸에

혈기를 두르고 천천히 밖으로 나왔다.

그런데 상수가 나오자 전방에 여러 명의 인물이 자신을 기다리고 있는 것이 아닌가?

"나를 기다린 것이오?"

"그렇습니다. 우리는 항복을 하려고 합니다."

상수는 남자의 말에 이들이 2층에서 벌어진 전투를 보았다는 것을 알 수가 있었다.

자신을 보고 있는 눈빛에 은은하게 공포감이 들어 있었기 때문이다.

"항복을 하려면 숨기는 것이 없어야 한다는 정도는 알고 있나?"

"알고 있습니다."

상수는 이들이 항복을 한다는 말에 바로 명령을 내렸다.

"3층에 나와 같이 움직였던 소거팀을 빼고는 모두 5층으로 올라와라. 적들이 항복을 한다고 한다."

"예, 바로 올라가겠습니다. 국장님."

죽은 시체를 치우는 팀을 지정해 주어 혼란이 생기지 않게 하였다.

"별동대의 인원들 중에 절반은 2층을 정리하는데 투입을 한다. 이제 더 이상은 전투가 없으니 그렇게 알고 행동을 하기 바란다."

"예, 보스."

마지막으로 지하로 내려간 팀원이 아직 정리가 되지 않았는데 상수는 지하에 남아 있는 3명에 대해 말을 하였다.

"지하에는 얼마나 있지?"

"지하에는 3명의 조직원이 있는 것으로 보입니다. 지금 항복을 받아주셨으니 바로 연락을 하면 됩니다."

"지금 연락을 해서 불상사가 생기지 않게 하라."

"감사합니다."

남자는 고개를 숙이며 감사의 인사를 하였다.

상수는 다크 세븐의 총본을 완전히 정리를 하였고 항복을 한 이들의 도움으로 시체들은 바로 처리할 수가 있었다.

처리를 하는 데 시간이 걸리기는 했지만 상수는 느긋한 마음으로 기다려 주었다.

이제 다크 세븐이 사라지게 되었으니 더 이상은 가족에게 위험이 없다는 생각이 들어 마음이 느긋하게 변해서였다.

어느 정도 시간이 지나자 상수는 보스라는 남자를 만났다.

"우선 항복을 해주어 고맙게 생각하오."

"아닙니다. 목숨을 살려주셔서 저희가 더 감사합니다."

남자는 진심으로 살려주어 고맙다는 생각을 하고 있는 것 같았다.

하기는 전투를 하는 상황에서 항복을 해도 죽이는 일이 다반사였기에 이들의 입장에서는 감사할 일이기는 했다.

"솔직하게 말하겠소. 조직의 보스는 어디에 계시오?"

상수는 숨기지 않고 알고 싶은 것에 대해 이야기를 했다.

그러면서 남자의 반응을 체크하고 있었는데 이상하게 남자에게는 조직의 보스와 같은 그런 기질을 찾을 수가 없어서였다.

상수가 보기에는 남자는 보스는 아니고 보좌를 하는 그런 존재로 보였기 때문이다.

남자도 상수의 직접적인 질문에 당황하는 눈빛을 하였지만 이내 숨기고는 입을 열었다.

"지금은 제가 이들의 보스입니다."

상수는 남자가 무언가 사정이 있는 것으로 보였으니 지금은 그런 개인적인 사정을 생각해 줄 시간이 없다고 판단이 들었기에 조금은 강하게 나가려고 하였다.

"내가 항복을 받아준 이유는 바로 다크 세븐의 보스를 찾고 싶어서였소. 그런데 협조를 해주지 않겠다면 다른 방법을 찾아야 하지 않겠소?"

상수가 차가운 음성으로 그렇게 말을 하니 남자도 아주 곤혹스러운 입장이 되고 말았다.

사실 말이 항복이지 이들은 죽음을 저당잡히고 있는 실정이었다.

"이제 남은 분은 그분밖에는 없습니다. 나이도 있고 해서 더 이상 조직을 이끌 수도 없는 분입니다. 저로 만족해 주실 수는 없겠습니까? 대신 조직의 자금에 대해서는 모두 말하겠습니다."

상수는 남자의 말속에 진심으로 보스를 생각하는 마음을 느낄 수가 있었다.

그리고 남자의 말대로 보스라는 존재가 상당한 나이를 먹었다는 것도 알 수가 있었다.

"그 문제는 당신이 판단할 일이 아니라고 생각하오. 내가 당신의 보스를 찾는 이유는 죽이려고 하는 것이 아니라 받아야 할 것이 있기 때문이오."

"받으셔야 하는 것이 어떤 것인지는 모르지만 이미 그분은 야망도 없는 분이십니다. 그러니 용서해 주셨으면 합니다."

남자는 눈물을 흘리며 용서를 빌고 있었다.

상수는 그런 남자를 보니 보스라는 사람이 솔직히 궁금

해졌다.

저런 인물에게 저토록 인정을 받고 있다는 사실에 놀랍기도 했고 부럽기도 해서였다.

한참을 고민하던 상수는 남자를 보며 다시 물었다.

"사실 나는 당신에게 고문을 하면 당신의 보스가 있는 위치를 찾을 수 있는 방법을 가지고 있소. 하지만 그 방법은 사용하지 않을 생각이오. 대신 당신이 보스 대신에 한 가지 약속을 해주시오. 더 이상은 우리와는 악연을 잊고 살겠다고 말이오."

상수는 눈앞에 있는 남자라면 약속을 어기지 않을 것이라는 확신이 들어 하는 말이었다.

그 정도로 남자는 믿음이 가는 인물이었다.

"그 말에는 확실하게 약속을 할 수가 있습니다. 이제부터 다크 세븐의 보스는 저이기 때문입니다. 전대의 보스와는 다른 길을 걸어 갈 것을 약속하겠습니다. 그리고 정말 감사합니다."

남자의 약속을 받자 상수는 조금은 허무한 기분이 들었다.

자신은 그동안 가족의 안위 때문에 내심 그렇게 고심을 하였던 일들이 이렇게 간단하게 해결이 될 수도 있다는 사실 때문이었다.

"하아, 정말 사람 사는 것이 이렇게 허무하게 느껴지기는 처음입니다."

상수도 많은 세월을 살지는 않았지만 이번에는 정말 허무함을 느끼고 있었다.

하지만 상수는 다크 세븐을 정리하면서 이들의 자금을 회수하는 일은 빼먹지 않았다.

그 이유는 요원들도 그렇고 별동대의 인물에게도 줘야 하는 돈이 있어서였다.

물론 상수가 생각하는 이상의 금액을 다크 세븐은 가지고 있었고 상수도 전액을 가지고 올 생각은 없었기에 이들이 조직을 유지할 수 있을 정도의 자금은 주었다.

상수는 다크 세븐의 일을 모두 처리하고 마음 편하게 한국으로 돌아왔다.

이제부터는 결혼도 하고 사업도 본격적으로 할 생각이었다.

한국으로 돌아온 상수는 바쁘게 일을 하며 시간을 보내고 있었지만 캐서린과의 데이트도 빠지지 않고 하고 있었다.

"호호호, 오늘은 정말 즐거웠어요."

"그러면 다음에도 우리 영화 보고 구경하러 갈까?"

“예, 너무 좋았어요. 그런데 우리 여행도 갔으면 좋겠어요. 한국의 아름다운 곳을 보았으면 해서요.”

캐서린은 한국의 아름다운 곳에 대한 호기심이 많은 모양인지 그런 곳에 가고 싶어 하였다.

상수도 사실 국내도 아직 가보지 못한 곳이 많았기에 지리에 대해서는 잘 모르지만 말로 들은 것이 많았기에 캐서린과 그런 곳으로 천천히 구경을 하고 싶기는 했다.

사실 그동안 바쁜 일도 있었지만 어린 시절부터 힘들게 살았기에 어디를 놀러가는 일이 익숙하지 않아서 가지 못한 것도 사실이었다.

“그렇게 하자. 이제부터는 아주 편하게 구경도 다니고 그렇게 살자.”

상수의 약속에 캐서린은 아주 행복한 미소를 지었다.

“고마워요. 상수 씨.”

“아니야, 내가 미안하지. 그보다는 미국에 계시는 어머니께 연락해야 하지 않아?”

캐서린은 상수의 말에 아직 자신이 연락도 하지 않았다는 것을 알았다.

“아, 내가 아직 연락을 하지 않았네요. 오늘 가서 바로 연락을 할게요.”

“그래, 어머니께 연락해서 우리가 결혼을 한다는 사실

을 알려드려야지. 동생들도 좋아할 거야."

"훗, 한국 사람들은 이상하게 인정이 많은 것 같아요. 그래서 당신이 더 사랑스럽기도 하지만 말이에요."

캐서린은 한국에 와서 정말 인정이 많다는 사실을 알게 되었다.

미국과는 문화가 달라서 그런 것인지는 모르지만 가족에 대한 생각이 미국과는 상당히 달랐다.

물론 캐서린도 그 인정을 느끼려고 많은 노력을 하고 있었고 말이다.

상수는 캐서린과 이미 결혼에 대한 이야기를 마쳤고 날짜도 정해 두었다.

미국에도 사실 상수가 먼저 연락을 하려고 하였지만 캐서린이 반대를 하였는데 평생에 한번 하는 결혼에 대한 연락은 자신이 직접 하겠다고 하여 그렇게 하라고 하였던 것이다.

상수의 결혼 준비는 그렇게 차근차근 되어 가고 있었다.

"지성아, 공사는 어떻게 진행이 되고 있냐?"

"아직까지는 문제없이 잘된다고 하드라."

"문제가 없다고 하니 다행이네. 내 결혼식에 애들 많이 온다고 하냐?"

"안 그래도 그 이야기 좀 하려고 했는데 이거는 무슨 결혼식이 동창회가 될 것 같아서 말이야."

"무슨 소리야? 동창회라니?"

"아니, 온다고 하는 놈들이 얼마나 많은지 초대장을 보내는 일도 만만치 않을 정도다."

평소에는 친구라고 생각지도 않았던 놈들이 성공을 하니 친구라고 하며 연락이 오고 있었다.

"지성아, 그냥 우리하고 안면이 있는 놈들은 부르고 그렇지 않은 놈들은 그냥 보내지 마라."

상수는 친구라면 챙겨주겠지만 그렇지 않고 그냥 옆에서 꼽사리 끼려는 놈들까지 챙겨주고 싶은 마음이 없었다.

그리고 회사의 방침도 절대 아는 사람에게 공사를 주려고 하는 행동을 하면 바로 퇴직이 보장이 된다는 사훈을 정해 버릴 정도로 인척이나 인맥으로 일을 처리하는 것을 강력하게 제재를 하고 있었다.

이는 상수가 평소에 가지는 생각이었고 그를 회사에도 적용을 하고 있었다.

물론 약간의 인정을 가지고 일을 처리하는 것은 봐줄 수가 있지만 개인적인 친분으로 일을 처리하면 바로 내부 고발로 인해 처벌을 받게 되도록 하였다.

"하기는 먼 놈의 친구라고 연락하는 인간들이 그렇게 많은지 하여튼 사람은 성공을 해야 한다는 말을 이번에 확실하게 알게 되었다."

"자식이, 원래 나를 따라오면 다 성공하게 되는 거야."

지성은 상수의 말에 솔직히 조금 배알이 꼴리기는 했지만 그 말이 사실이기 때문에 답변을 하지는 않았다.

상수도 지성이 바로 대답을 하지 않는 것을 보고 웃었다.

"자식이 삐졌냐?"

"사실을 가지고 삐질 리가 있냐. 그런데 집은 어떻게 된 거야?"

"어, 그거는 이미 캐서린과 보고 계약을 했으니 걱정하지 않아도 된다."

"나중에 집들이 때 보여줄라고?"

"그렇지 역시 우리 장자방이라 잘 아네. 하하하."

상수와 지성은 결혼식에 대한 이야기를 하며 세세하게 확인을 하였다.

드디어 상수의 결혼식을 하는 날이 되었고 상수가 있는 호텔에는 많은 하객이 몰려들었다.

캐서린의 가족도 미국에서 왔는데 상수가 모든 편의를

제공한다고 오는 비행기와 가는 비행기값도 모두 지불을 하였기에 캐서린의 가족은 돈이 들지 않았다.

캐서린의 친구들은 그리 많지 않았지만 캐서린의 부탁으로 세 명의 친구에게는 비행기표를 구해 보내주었고 그 덕분에 친구들도 한국에 올 수가 있었다.

물론 잠자리는 캐서린의 아파트에 함께 자게 되었고 말이다.

상수의 결혼식에는 한국의 정계에서도 관심을 가지고 있었기에 대통령이 보낸 화혼이 가장 전방에 보이게 설치가 되어 있었다.

물론 다른 곳에서 보낸 것도 많았지만 그들은 일국의 대통령이 보낸 것에는 솔직히 명함을 내밀지 못하기 때문에 뒤에 설치가 되었지만 말이다.

많은 이가 축하를 해주고 있어 결혼식은 아주 성대하게 마칠 수가 있었다.

"형님, 직접 와주셔서 감사합니다."

"하하하, 동생의 결혼식인데 어찌 오지 않을 수가 있냐. 당연히 와야지."

러시아 마피아의 총보스와 간부들도 대거 참석을 하였는데 상수는 지금 총보스와 이야기를 하고 있었다.

"제수씨, 앞으로 우리 동생 잘 부탁합니다. 그리고 만약에 속을 썩이면 바로 연락을 하세요. 내가 확실하게 혼을 내드리겠습니다."

캐서린은 총보스의 말에 입가에 아주 행복한 미소를 지었다.

"예, 고마워요. 그렇게 말을 해주셔서요."

캐서린은 마피아라면 솔직히 조금 거부감이 있었는데 막상 만나서 보니 이들도 보통 사람과 그리 다르지 않다는 생각이 들었다.

이들도 사람끼리 만나서 하는 대화를 하고 살아가는 모습에 캐서린은 마피아에 대한 편견을 버릴 수가 있었다.

그리고 그런 마피아에서 대접을 받고 있는 상수가 대단하다는 생각도 들었고 말이다.

"그래, 신혼여행은 어디로 가기로 했나?"

"우선은 미국으로 가서 유럽으로 갈 생각입니다. 보름 정도 생각하고 있습니다. 이번에 가면서 각국에 공사를 하는 회사를 방문하려고요."

상수는 이번 공사를 진행하는 회사를 직접 찾아가볼 생각이었다.

물론 여행도 같이 하면서 말이다.

"신혼여행이 아니라 업무의 연장인 것 같아 그리 좋게 들리지는 않지만 두 사람이 그렇게 한다고 하니 더 이상 말은 하지 않겠네. 이거 받게."

그러면서 품에서 하나의 봉투를 꺼내 주었다.

"이거는 무엇입니까?"

"자네 결혼 선물이지 무엇이겠는가?"

총보스는 축의금을 내지 않고 나중에 상수를 만나면 따로 주려고 가지고 있던 선물을 주었다.

상수는 마피아 보스가 주는 선물이기에 거절을 하지 않고 받았다.

상대가 주는 선물을 거절하는 것은 러시아에서는 상당히 불쾌하게 생각하기 때문이다.

상수는 선물을 확인하지 않고 바로 품에 넣었다.

"아무튼 형님이 주신 선물이니 감사하게 받겠습니다."

그런 상수의 행동에 총보스는 아주 기분 좋게 웃었다.

"하하하, 역시 내 동생이야."

많은 이들과 그렇게 인사를 하였고 상수는 캐서린과 드디어 결혼식의 하이라이트인 뒤풀이에 참석을 하게 되었다.

캐서린의 친구들도 함께하는 파티였고 한국 남자들은 남아 있는 세 명의 친구가 아직 미혼이라는 정보를 들었고 이들도 캐서린보다는 못하지만 상당한 미인이기 때문에 작업을 하려고 최선을 다하고 있었다.

상수와 캐서린은 그런 친구들을 보며 즐거운 웃음을 지으며 시간을 보냈고 여행길을 떠나게 되었다.

"캐서린, 정말 사랑해."

"저도 사랑해요. 자기."

캐서린은 결혼식을 하고 나서는 자기라는 표현을 하였다.

자신도 한국 드라마를 보고 결혼을 하면 저렇게 하고 싶다고 하면서 말이다.

한편 이탈리아에서는 다크 세븐의 조직을 완전 새롭게 개편을 하게 되었다.

전 보스는 자리에서 물러나고 이제는 새로운 보스가 추대가 되었다.

간부들도 기존의 인물들이 아닌 새로운 인물들이 자리를 잡게 되어 다크 세븐이 아닌 다른 이름으로 조직의 이름도 개명을 하였다.

블랙 타이거라는 이름으로 바뀌었는데 이는 상수가 동양인이었고 그 나라가 호랑이가 무서운 존재라는 말을 들었기에 블랙 타이거라는 이름이 생겨나게 되었다.

물론 새로운 보스로 추대가 된 이는 그런 사실을 모두

상수에게 보고를 하였고 정보를 원하는 것이 있으면 자신들을 이용해 달라는 말도 전하면서 영업을 해서 상수를 웃게 만들었다.

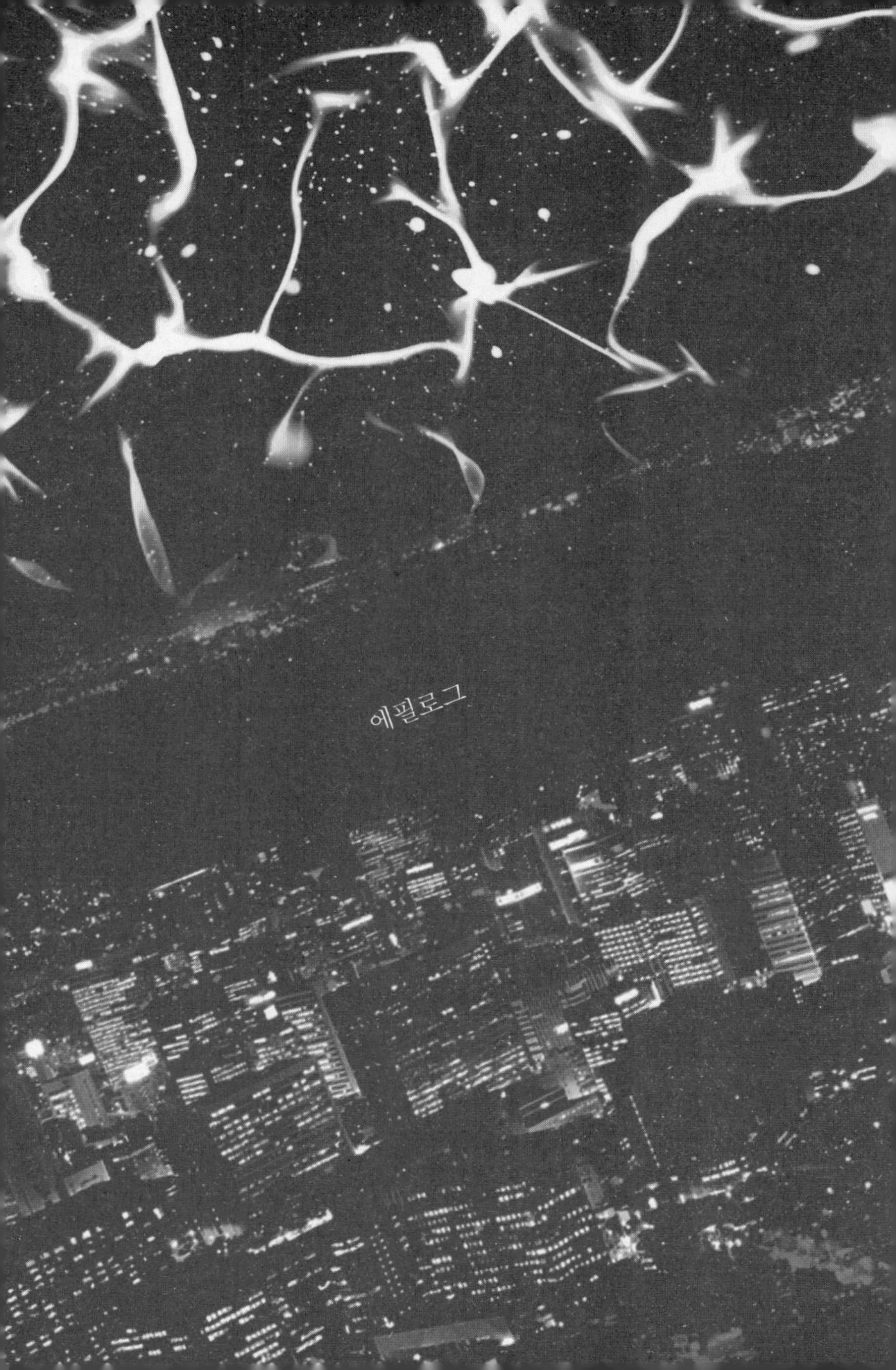

에필로그

UNION BANK

상수는 결혼을 하고도 변하지 않는 일상생활을 하고 있었는데 그런 상수에게 변화가 생겼다.

드드드.

“여보세요?”

—상수야, 지금 캐서린이 임신을 했다고 하는구나. 축하한다.

어머니의 전화였는데 아내인 캐서린이 임신을 했다는 소식을 전해 주었다.

캐서린과 결혼을 하고 3개월이 지난 시점에 온 연락이

었기에 허니문 베이비라는 소리를 듣게 생긴 상수였다.

"어머니 그게 정말입니까?"

—그래, 지금 병원에 다녀오는 길이다.

"하하하, 잘되었네요. 캐서린은 어때요?"

—캐서린도 지금 상당히 좋아하는구나.

"오늘은 조금 빨리 마치고 집으로 갈게요."

상수는 즐거운 마음으로 일을 마치게 되었고 이제 새롭게 자신의 보금자리가 된 저택으로 가고 있었다.

이제 2세 문제도 해결이 되었으니 상수에게는 더 이상 바랄 것이 없을 정도였다.

단지 아직도 상수의 내심 찜찜한 것이 있다면 몸속에 있는 혈기 때문이었다. 다만 아직까지는 그렇게 자신에게 피해를 주는 일이 없었기에 크게 신경을 쓰지는 않았다.

상수의 저택은 두 채였는데 담을 헐어서 이제는 커다란 집으로 두 개의 집을 한 개로 만들어서 사용을 하고 있었다.

이는 경호원들도 잠을 자는 곳이 있어야 한다는 상수의 생각 때문에 만들어진 집이었다.

상수의 경호원은 제법 많았고 이들은 두 개의 팀으로 운영이 되고 있었는데 주야로 돌아가면서 경호를 책임지고 있었다.

상수는 다른 문제는 그냥 넘어가지만 경호에 대해서는

아주 철저하게 따지는 인물이었다.

"집으로 가요."

"예, 사장님."

집에 도착한 상수는 어머니와 다정하게 이야기를 하고 있는 캐서린을 보며 가볍게 안아주었다.

"캐서린… 고맙고 축하해."

"고마워요. 저도 축하해요."

두 사람은 서로를 축하하며 아이를 가진 것을 행복하게 생각했다.

새벽이 되고 상수는 행복한 기분이 들어서인지 아직 잠을 이루지 못하고 있었다.

그러다가 문득 몸속에 있는 혈기가 생각이 났다.

'음, 아직까지 혈기가 나에게 해로운 짓을 하지는 않았지만 언제 이상이 생길지는 나도 모르는 일인데 어떻게 하는 것이 좋을까?'

상수는 솔직히 혈기 때문에 혹시 2세에게 무슨 문제가 생기는 것이 아닐까 하는 마음에 조금은 불안함을 빠져 들고 있었다.

아들일지 딸일지는 모르지만 자식들이 혈기 때문에 힘들지 않을까라는 생각을 하고 있었는데 임신을 했다고 하니 처음에는 그냥 즐겁기만 했는데 시간이 지나고 나니 조금 불안감이 드는 것은 어쩔 수 없는 모양이었다.

'혈기가 자식에게 이어지지는 않겠지? 아니, 이어진다고 해도 나처럼 심하지는 않을 거야. 그리고 혈기가 나에게 해로운 것은 아니니 아이들에게도 도움을 줄 거야.'

상수는 그렇게 생각하면서 불안한 마음을 진정시키고 있었다.

이제 3개월이기 때문에 아직은 모르지만 혹시나 하는 마음에 아직은 의심을 하고 있었다.

그렇다고 상수가 아이의 몸에 혈기가 있는지 확인을 할 수도 없었다. 이는 혈기가 타인의 몸으로 들어가면 고통을 주었고 그 당사자의 몸에 있는 기운을 가지고 오기 때문에 아이에게는 그런 짓을 할 수도 없었기 때문에 걱정이 되는 상수였다.

마음은 기쁘지만 이런 자신의 몸 때문에 어디 가서 하소연을 할 곳도 없는 상수였다.

시간이 흘러 산달이 다가올수록 상수의 마음은 점점 더 불안해져 갔지만 아내인 캐서린과 어머니의 앞에서는 절대 그런 내색을 하지 않고 있었다.

드디어 산달이 되었고 이제부터는 당장 아이가 태어나도 이상하지 않는 날이었기에 항상 병원으로 갈 수 있게 준비를 해두고 있었다.

“아, 어… 머니… 아기가 나오려고 하는 것 같아요.”

“당장 차를 준비하마. 김 기사, 차 준비해요. 당장 병원에 가야겠어요.”

어머니는 급하게 고함을 쳐서 차를 준비하게 하였다.

사실 며칠 전부터 병원에 입원을 하고 있으라고 했지만 캐서린은 아직은 괜찮다고 하며 버티고 있었다.

가족과 정이 들기도 했지만 집에 있고 싶다는 캐서린의 부탁에 상수도 어쩌지 못하고 집에서 있었던 것이다.

산부인과에 도착을 하고 얼마 지나지 않아 아이는 바로 태어났다.

상수는 회사에 있다가 연락을 받고는 바로 병원으로 달려갔다.

아이에게 혈기의 흔적이 없는지 확인을 하고 싶어서였다.

그만큼 상수는 말을 하지 않았지만 불안감을 가지고 있었기 때문이다.

“어머니, 어떻게 되었나요?”

“호호호, 급하기는 조금 전에 아이가 태어났고 아이하고 산모도 모두 건강하다고 한다.”

병원의 입구에서 기다리고 있던 어머니는 상수를 보자 궁금해할 것을 바로 이야기해 주었다.

"아이는 지금 어디에 있는데요?"

"아니, 너는 아이도 중요하지만 그래도 아내부터 챙겨야 하지 않니?"

어머니는 상수가 아이부터 묻자 아내도 챙겨야 한다고 꾸중을 주었다.

"죄송합니다. 아내는 어디에 있나요?"

"참나, 특실에 아이하고 같이 있으니 같이 가자."

상수는 어머니와 함께 아내가 있는 병실로 갔다.

지금 상수는 내심 불안감에 빠져 있는데 혹시나 아니에게 혈기가 전해진 것이 아닐지 걱정이 되어서였다.

그로 인해 아이에게 어떤 문제가 생기지나 않을까라는 걱정이 들어서였다.

병실에 도착을 하자 상수는 크게 숨을 쉬면서 가슴을 진정시켰다.

지금 심하게 떨리는 심장을 진정시키지 않으면 자신도 상당한 충격을 받을 수 있다는 생각이 들었기 때문이다.

사실 혈기에 대한 문제는 보통의 사람은 절대 알 수가 없었기 때문에 상수가 아니면 절대 알 수가 없는 일이었다.

떨리는 손으로 문을 열고 안으로 들어간 상수는 아내와 아이를 볼 수가 있었다.

가장 먼저 캐서린의 얼굴을 보며 상수는 미소를 지어주

었고 그런 캐서린의 옆에는 아주 작은 아이가 이불에 쌓여 있었다.

"캐서린… 고맙고 고생이 많았어."

"아니에요. 아이가 다행이도 빨리 나와 주어서 제가 고생을 하지는 않았어요. 저보다는 어머니가 더 고생을 하셨지요."

캐서린은 병원에 도착을 하고 나서 30분도 되지 않아 바로 출산을 하였기에 하는 소리였다.

상수는 그런 캐서린의 얼굴을 쓰다듬어 주면서 떨리는 손으로 아이의 이불을 열어보았다.

그런데 상수의 생각과는 다르게 혈기가 느껴지지 않아 내심 걱정되었던 것들이 사라지는 기분을 느끼게 되었다.

다행이 혈기는 아이에게 전해지지가 않은 모양이었다.

상수는 불안감이 사라지자 이내 얼굴이 환해지고 있었다.

그런 상수를 보고 캐서린은 상수가 저러는 이유를 몰랐지만 아이가 태어나고 다시 전처럼 얼굴이 환해지는 것을 보고는 안심이 되었다.

사실 캐서린도 아이를 임신하고 나서는 상수가 조금 불안한 마음을 가지고 있어서 걱정이 되었다.

임산부는 민감하기 때문에 상대에 대해 너무도 잘 느끼고 있었기 때문이다.

"어머니도 수고 많으셨어요."

"아니다. 딸을 보니 기분이 어떠냐?"

"하하하, 너무 좋아요. 정말 자식이 생겼다는 것이 지금도 믿어지지가 않을 정도에요."

상수는 자신이 말을 하면서도 진심으로 아직도 믿어지지가 않는 기분이었다.

"호호호, 아직은 그럴 거다."

어머니는 아주 의미심장한 미소를 지으며 그렇게 말을 해주었다.

상수가 걱정하는 것에 대해서는 모르고 있기 때문이다.

아이의 몸에 혈기가 없다는 것에 상수는 지금 마음이 하늘을 날아서 가는 기분이었다.

그만큼 상수에게는 새롭게 느껴지는 기분이었다.

"아이 이름은 지연이 어때요?"

"지연이도 나쁘지 않네."

어머니는 이름에 대해서는 그리 생각지 않았는지 상수가 하는 말에 수긍을 해주셨다.

정지연의 이름은 그렇게 정해졌다.

그런데 신기한 것은 지연의 모습이었는데 보통은 미국인과 한국인이 만나게 되면 혼혈이 태어나는데 지금 지연의 모습은 한국인과 거의 비슷한 모습이었다.

물론 유전자가 상수가 강해서 그럴 수도 있다는 생각이 들기는 했지만 상수의 입자에서는 신기하기만 했다.

상수가 아이를 아주 신기한 눈빛을 하며 보고 있으니 캐서린도 그런 상수를 보며 입가에 미소를 지었다.

『덤비지마!』 완결